香山詩選

［唐］白居易　撰
［清］曹文埴　選訂

拾瑶叢書

文物出版社

圖書在版編目（CIP）數據

香山詩選 / (唐) 白居易撰 ; (清) 曹文埴選訂. -- 北京 : 文物出版社, 2020.7
（拾瑤叢書 / 鄧占平主編）
ISBN 978-7-5010-6447-2

Ⅰ. ①香… Ⅱ. ①白… ②曹… Ⅲ. ①唐詩－詩集
Ⅳ. ①I222.742

中國版本圖書館CIP數據核字(2019)第275245號

香山詩選　〔唐〕白居易　撰　〔清〕曹文埴　選訂

主　　編：鄧占平
策　　劃：尚論聰　楊麗麗
責任編輯：李縉雲　劉良函
責任印製：張道奇

出版發行：文物出版社
社　　址：北京市東直門內北小街2號樓
郵　　編：100007
網　　址：http://www.wenwu.com
郵　　箱：web@wenwu.com
經　　銷：新華書店
印　　刷：藝堂印刷（天津）有限公司
開　　本：710mm × 1000mm　1/16
印　　張：18.25
版　　次：2020年7月第1版
印　　次：2020年7月第1次印刷
書　　號：ISBN 978-7-5010-6447-2
定　　價：130.00圓

前言

《香山詩選》六卷，作者白居易是中唐詩人中最具影響力和代表性的人物之一。此書選訂者爲清曹文埴，角度頗新奇。

白居易（七七二—八四六），字樂天，號香山居士，又號醉吟先生。祖籍山西太原，其曾祖父遷於下邽（今陝西渭南），生於河南新鄭。唐貞元十四年（七九八），擢進士第，授秘書省校書郎。元和四年（八〇九），對制策，入等，調盩厔（縣名，即今陝西周至縣）縣尉、集賢校。元和十年（八一五）左遷江州司馬。在任期間寫下《琵琶行》等傳世佳作。開成元年（八三六），任太子少傅，後以刑部尚書致仕。會昌六年（八四六）八月，卒於洛陽，贈尚書右僕射，謚曰文。著有《白氏長慶集》七十五卷，現存七十一卷。

白居易詩歌語言平實，題材廣泛，反應社會現實。與元稹等詩人共同倡導新樂府運動，提出發揚詩歌諷喻時事的傳統，强調『文章合爲時而著，歌詩合爲事而作』。其文學主張在《與元九書》中闡述最爲詳盡，并將其詩作分爲四類：『僕數月來，檢討囊帙中，得新舊詩，各以類分，分爲卷目。自拾遺來，凡所遇所感，關於美刺興比者；又自武德至元和因事立題，題爲「新樂府」者，共一百五十首，謂之「諷喻詩」。又或退公獨處，或移病閑居，知足保和，吟玩性情者一百首，謂之「閑適詩」。又有事物牽於外，情理動於内，隨感遇而形於嘆咏者一百首，謂之「感傷詩」。又有五言、七言、長句、絶句，自一百韵至兩百韵者四百餘首，謂之「雜律詩」……故僕志在兼濟，行在獨善，奉而始終之則爲道，言而發明之則爲詩。謂之諷諭詩，兼濟之志也；謂之閑適詩，獨善之義也。故覽僕詩者，知僕之道焉。其餘雜律詩，或誘於一時一物，發於一笑一吟，率然成章，非平生所尚者，但以親朋合散之際，取其釋恨佐歡，今銓次之間，未能删去。他時有爲我編集斯文者，略之可也』。

曹文埴（一七三五—一七九八），字竹虛，號進薇，又號薺原。清乾隆二十五年庚辰科（一七六〇）二甲頭名進士，改庶吉士。授編修，任事懋勤殿。後任翰林院侍讀學士，南書房行走。乾隆四十二年（一七七七）父喪，丁憂歸鄉。曾授任左都御史，歷掌刑、兵、工、户諸部，兼順天府府尹，爲《四庫全書》總裁官之一。乾隆三十六年至三十九年（一七七一—一七七四）任江西學政期間編成《香山詩選》。乾隆五十二年（一七八七），以母老乞歸，加太子太保。嘉慶三年（一七九八）卒，謚文敏。著有《石鼓硯齋文鈔》二十卷附行狀一卷，《石鼓硯齋詩鈔》三十二卷，《直廬集》八卷，《石鼓硯齋試帖》二卷。

曹文埴歷事兩朝，馳騁政壇近三十年，善筆劄，工詩文，尤喜香山居士詩詞文風，編成《香山詩選》六卷，自序曰：『予則獨以香山先生之詩按之於聖人之言，尤爲學者所易悟，故特於其諷喻、閑適二者之體精而擇之，凡得古體詩若干首、近體詩若干首鎸爲六卷，俾學者誦習於口、涵濡於心。』

《石鼓硯齋詩鈔》爲曹振鏞等依干支紀年輯録其父文埴詩作而成。其中《石鼓硯齋詩鈔》卷十輯録有：《新編白香山詩成帙洪生竹岡以長篇見投依韵答之》，本卷干支爲癸巳，據此可知《香山詩選》成書於乾隆三十八年（一七七三）。此本爲乾隆時期寫刻本，半頁九行，行十九字，雙邊白口，單魚尾，前有曹文埴手書序，字體端方俊秀，序文末尾有兩方鈐印：陰文金陵書局印『文埴印』、陽文印『竹虛』。除此本之外，傳本還有清光緒十七年（一八九一）金陵書局重印本，民國七年（一九一八）掃葉山房重印本等。

中國國家圖書館　劉菲

二〇一九年十一月

序

昔聖人教及门以學詩之益興觀羣怨而其以一言蔽三百者則曰思無邪蓋六義之道盡之乎此矣自六義不講而作詩者專以字句聲調相倣傚所謂風

雲月露愈工巧而愈失其真也
反是而索之於空濶幽渺之境則
又至於以禪喻詩謂之水月鏡
花而以爲可解不可解之語三
百篇之爲詩有如是者乎且夫
三百篇者野老征夫游女怨婦

之辭皆在焉其斐惻而纏綿者皆足以感人之心於千載之下又非特卿士大夫能文章嫻吟詠而然也故詩果發於天籟以陶寫其性情而合於六義之旨即野老征夫游女怨婦之作聖人

皆以其有關於風化而取之而況卿士大夫之天性忠誠識力深粹嫻吟咏而工文章者乎其於風化之關繫更當何如也漢魏以後詩莫盛於三唐其合焉者亦三百篇之支流苗裔也今學者

爭起而效之而予則獨以香山先
生之詩按之於聖人之言尤為學
者所易悟故特於其諷諭閒適
二者之體精而擇之凡得古體詩
若干首近體詩若干首鐫為六
卷俾學者誦習於口涵濡於心

序

自知詩之根於性情流於感觸而非可以牽強為者而彼尚戔戔焉比擬於字句聲調間也則曷反之於作詩之初心其亦有動焉否耶

江西督學使者曹文埴題并書

香山詩選卷之一目録

五言古詩

和徵之詩二十三首録一首

和三月三十日四十韻

翫止水

聞崔十八宿予新昌敝宅時予亦宿崔家依仁新亭一宵偶同兩興暗合因而成詠聊以寫懷

遊坊口懸泉偶題石上

秋涼閒卧

代鶴

立秋夕有懷夢得

北窗三友

裴侍中晉公以集賢林亭即事詩二十六韻見贈猥蒙徵和才拙詞繁輒廣爲五百言以伸酬獻

菩提寺上方晚望香山寺寄舒員外

遊平泉宴浥澗宿香山石樓贈座客

和夢得洛中早春見贈七韻

李盧二中丞各創山居俱誇勝絶然去城稍

遠來往頗勞倣居新泉實在宇下偶題十五韻聊戲二君

香山詩選卷之一

古歙曹文埴竹虛甫手訂

五言古詩

賀雨

皇帝嗣寶歷元和三年冬自冬及春暮不雨旱爞爞上心念下民懼歲成災凶遂下罪己詔殷勤告萬邦帝曰予一人繼天承祖宗憂勤不遑寧夙夜心忡忡元年誅劉闢一舉靖巴卭二年戮李錡不戰安江東顧惟渺渺德遽有巍巍功或者天降沴

無乃儆予躬上思答天戒下思致時邕莫如率其
身慈和與儉恭乃命罷進獻乃命賑饑窮宥死降
五刑已責寬三農宮女出宣徽廄馬減飛龍庶政
靡不舉皆由自宸衷奔騰道路人傴僂田野翁歡
呼相告報感泣涕沾胷順人人心悅先天天意從
詔下纔七日和氣生沖融凝為油油雲散作習習
風晝夜三日雨淒淒復濛濛萬心春熙熙百穀青
芃芃人變愁為喜歲易儉為豐乃知王者心憂樂
與衆同皇天與后土所感無不通冠珮何鏘鏘將

相及王公蹈舞呼萬歲列賀明庭中小臣誠愚陋
職忝金鑾宮稽首再三拜一言獻天聰君以明爲
聖臣以直爲忠敢賀有其始亦願有其終

雲居寺孤桐

一株青玉立千葉緑雲委亭亭五丈餘高意猶未
已山僧年九十清淨老不死自云手種時一顆青
桐子直從萌芽拔高自毫末始四面無附枝中心
有通理寄言立身者孤直當如此

折劍頭

拾得折劍頭，不知折之由。一握青蛇尾，數寸碧峰頭。疑是斬鯨鯢，不然刺蛟虬。缺落泥土中，委棄無人收。我有鄙介性，好剛不好柔。勿輕直折劍，猶勝曲全鉤。

秦中吟十首 并序

貞元元和之際，予在長安，聞見之間，有足悲者。因直歌其事，命為秦中吟。

議婚

天下無正聲，悅耳即為娛。人間無正色，悅目即為姝。顏色非相遠。貧富則有殊。貧為時所棄。富為時所趨。紅樓富家女。金縷繡羅襦。見人不斂手。嬌癡二八初。母兄未開口。已嫁不須臾。緑窗貧家女。寂寞二十餘。荆釵不直錢。衣上無真珠。幾迴人欲聘。臨日又踟躕。主人會良媒。置酒滿玉壺。四座且勿飲。聽我歌兩途。富家女易嫁。嫁早輕其夫。貧家女難嫁。嫁晚孝其姑。聞君欲娶婦。娶婦意何如。

重賦

厚地植桑麻。所用濟生民。生民理布帛。所求活一

身身外充征賦上以奉君親國家定兩稅本意在
愛人厥初防其淫明勅內外臣稅外加一物皆以
枉法論奈何歲月久貪吏得因循浚我以求寵斂
索無冬春織絹未成匹繅絲未盈斤里胥迫我納
不許蹔逡巡歲暮天地閉陰風生破村夜深煙火
盡霰雪白紛紛幼者形不蔽老者體無溫悲喘與
寒氣併入鼻中辛昨日輸殘稅因窺官庫門繒帛
如山積絲絮似雲屯號為羨餘物隨月獻至尊奪
我身上暖買爾眼前恩進入瓊林庫歲久化為塵

傷宅

誰家起甲第朱門大道邊豐屋中櫛比高墻外迴環纍纍六七堂棟宇相連延一堂費百萬鬱鬱起青煙洞房温且清寒暑不能干高堂虛且迴坐卧見南山繞廊紫藤架夾砌紅藥欄攀枝摘櫻桃帶花移牡丹主人此中坐十載為大官廚有臭敗肉庫有貫朽錢誰能將我語問爾骨月閒豈無窮賤者忍不救飢寒如何奉一身直欲保千年不見馬家宅今作奉誠園

傷友

陋巷孤寒士出門苦恓恓雖云志氣高豈免顏色
低平生同門友通籍在金閨曩者膠漆契邇來雲
雨睽正逢下朝歸軒騎五門西是時天久陰三日
雨淒淒蹇驢避路立肥馬當風嘶迴頭忘相識占
道上沙提昔年洛陽社貧賤相提攜今日長安道
對面隔雲泥近日多如此非君獨慘悽死生不變
者唯聞任與黎

不致仕

七十而致仕禮法有明文何乃貪榮者斯言如不聞可憐八九十齒墮雙眸昏朝露貪名利夕陽憂子孫掛冠顧翠緌懸車惜朱輪金章腰不勝傴僂入君門誰不愛富貴誰不戀君恩年高須告老名遂合退身少時共嗤誚晚歲多因循賢哉漢二疏彼獨是何人寂寞東門路無人繼去塵

立碑

勛德既下衰文章亦陵夷但見山中石立作路旁碑銘勳悉太公叙德皆仲尼復以多為貴千言直

萬貲為文彼何人想見下筆時但欲愚者悅不思賢者嗤豈獨賢者嗤仍傳後代疑古石蒼苔字安知是愧詞我聞望江縣麴令撫惸嫠在官有仁政名不聞京師身歿欲歸葬百姓遮路岐攀轅不得歸留葬此江湄至今道其名男女涕皆垂無人立碑碣惟有邑人知

輕肥

意氣驕滿路鞍馬光照塵借問何為者人稱是內臣朱紱皆大夫紫綬或將軍誇赴軍中宴走馬去

如雲。罇罍溢九醞。水陸羅八珍。果擘洞庭橘。膾切天池鱗。食飽心自若。酒酣氣益振。是歲江南旱。衢州人食人。

五絃

清歌且罷唱。紅袂亦停舞。趙叟抱五絃。宛轉當胷撫。大聲麤若散。颯颯風和雨。小聲細欲絕。切切鬼神語。又如鵲報喜。轉作猿啼苦。十指無定音。顛倒宮徵羽。坐客聞此聲。形神若無主。行客聞此聲。駐足不能舉。嗟嗟俗人耳。好今不好古。所以綠窗琴

日日生塵土

歌舞

秦城歲云暮大雪滿皇州雪中退朝者朱紫盡公侯貴有風雪興富無飢寒憂所營惟第宅所務在追遊朱門車馬客紅燭歌舞樓歡酣促密坐醉暖脫重裘秋官為主人廷尉居上頭日中為樂飲夜半不能休豈知閿鄉獄中有凍死囚

買花

帝城春欲暮喧喧車馬度共道牡丹時相隨買花

去貴賤無常價酬直看花數灼灼百朶紅戔戔五束素上張幄幕庇旁織笆籬護水洒復泥封移來色如故家家習為俗人人迷不悟有一田舍翁偶來買花處低頭獨長歎此歎無人喻一叢深色花十户中人賦

和答詩十首 并序 録二首

五年春微之從東臺來不數日又左轉為江陵士曹掾詔下日會予下內直歸而微之已即路邂逅相遇於街衢中自永壽寺南抵新昌里北

得馬上話別語不過相勉保方寸外形骸而已因不暇及他是夕足下次於山北寺僕職役不得去命季弟送行且奉新詩一軸致於執事凡二十章率有比興淫文艷韻無一字焉意者欲足下在途諷讀且以遣日時消憂懣又有以張直氣而扶壯心也及足下到江陵寄在路所為詩十七章凡五六千言言有為章有旨迨於宮律體裁皆得作者風發緘開卷且喜且怪僕思牛僧孺戒不能示他人唯與杓直拒非及樊宗

師輩三四人時一吟讀心甚貴重然竊思之豈僕所奉者二十章遽能開足下聰明使之然耶抑又不知足下是行也天將屈足下之道激足下之心使感時發憤而臻於此耶若兩不然者何立意措辭與足下前時詩如此之相遠也僕既羨足下詩又憐足下心盡欲引狂簡而和之屬直宿拘牽居無暇日故不即時如意旬月來多乞病假假中稍閒且摘卷中尤者繼成十章亦不下三千言其間所見同者固不能自異異

者亦不能强同同著謂之和異者謂之答并別錄和夢遊春詩一章各附於本篇之末餘未和者亦續致之頃者在科試閒常與足下同筆硯每下筆時輒相顧共患其意太切而理太周故理太周則辭繁意太切則言激然與足下為文所長在於此所病亦在於此足下來序果有辭犯文繁之說今僕所和者猶前病也待與足下相見日各引所作稍删其繁而晦其義焉餘具書白

答四皓廟

天下有道見無道卷懷之此乃聖人語吾聞諸仲尼矯矯四先生同稟希世資隨時有顯晦秉道無磷緇秦皇肆暴虐二世遘亂離先生相隨去商嶺採紫芝君看秦獄中戮辱者李斯劉項爭天下謀臣竟恍隨先生如鸞鶴去入冥冥飛君看彝鼎中燋爛者酈其子房得沛公自謂相遇遲八難掉舌樞三界役心機辛苦十數年晝夜形神疲竟雜霸者道徒稱帝者師子房爾則能此非吾所宜漢高

之季年孌寵鍾所私冢嫡欲廢奪骨肉相憂疑豈無子房口口舌無所施亦有陳平心心計將何為皤皤四先生高冠危映眉從容下南山顧盼入東闈前瞻惠太子左右生羽儀却顧戚夫人楚舞無光輝心不畫一計口不吐一詞暗定天下本遂安劉氏危子房吾則能此非爾所知先生道既光太子禮甚卑安車留不住功成棄如遺如彼旱天雲一雨百穀滋澤則在天下雲復歸希夷勿高巢與由勿尚呂與伊巢由往不返伊呂去不歸豈如四

先生出處兩逶迤何必長隱逸何必長濟時由來聖人道無朕不可窺卷之不盈握舒之亘八陲先生道甚明夫子猶或非願子辨其惑為予吟此詩

和雉媒

吟君雉媒什一哂復一嘆和之一何晚今日乃成篇豈唯鳥有之抑亦人復然張陳刎頸交竟以勢不完至今不平氣塞絕泜水源趙襄骨月親亦以利相殘至今不善名高於磨笄山況此籠中雉志在飲啄間稻粱暫入口性已隨人遷身苦亦自忘

同族何足言但恨為媒拙不足以自全勸君今日
後養鳥養青鸞青鸞一失侶至死守孤單勸君今
日後結客結任安主人賓客去獨住在門闌

病假中南亭閑望

欹枕不視事兩日門掩關始知吏役身不病不得
閑閑意不在遠小亭方丈間西檐竹梢上坐見太
白山遥媿峰上雲對此塵中顔

禁中寓直夢遊仙遊寺

西軒草詔暇松竹深寂寂月出清風來忽似山中

夕因成西南夢夢作遊仙客覺聞宮漏聲猶謂山泉滴

秋遊原上

七月行已半早涼天氣清清晨起巾櫛徐步出柴荆露杖筇竹冷風襟越蕉輕閑携弟姪輩同上秋原行新棗未全赤晚瓜有餘馨依依田家叟設此相逢迎自我到此村往來白髮生村中相識久老幼皆有情留連向暮歸樹樹風蟬聲是時新雨足禾黍夾道青見此令人飽何必待西成

遊悟眞寺一百三十韻

元和九年秋八月月上弦我遊悟眞寺寺在王順山去山四五里先聞水潺湲自茲舍車馬始涉藍溪灣手拄青竹杖足蹋白石灘漸怪耳目曠不聞人世喧山下望山上初疑不可攀誰知中有路盤折通巖巔一息幡竿下再休石龕邊龕閣長丈餘門戶無扃關俯窺不見人石髮垂若鬟驚出白蝙蝠雙飛如雪翻回首寺門望青崖夾朱軒如擘山腹開置寺於其間入門無平地地窄虛空寬房廊

與臺殿高下隨峰巒巖崿無撮土樹木多瘦堅根株抱石長屈曲蟲蛇蟠松桂亂無行四時鬱芊芊枝梢嫋青翠韻若風中絃日月光不透綠陰相交延幽鳥時一聲聞之似寒蟬首憩實位亭就坐未及安須臾開北户萬里明豁然拂簷虹霏微遶棟雲回旋赤日間白雨陰晴同一川埜綠蔟草樹眼界吞秦原渭水細不見漢陵小於拳却顧來時路縈紆映朱闌歷歷上山人一一遥可觀前對多寶塔風鐸鳴四端欒櫨與户牖恰恰金碧繁云昔伽

葉佛此地坐涅盤至今鐵鉢在當底手跡穿西開
玉像殿白佛森比肩斗藪塵埃衣禮拜冰雪顏疊
霜為袈裟貫雹為華鬘逼觀疑鬼功其跡非雕鐫
次登觀音堂未到聞栴檀上階脱雙履斂足升瑤
筵六楹排玉鏡四座敷金鈿黑夜自光明不待燈
燭燃衆寶互低昂碧珮珊瑚幡風來似天樂相觸
聲珊珊白珠垂露凝赤珠滴血殷點綴佛髻上合
為七寶冠雙瓶白琉璃色若秋水寒隔瓶見舍利
圓轉如金丹玉笛何代物天人施祇園吹如秋鶴

聲可以降靈仙是時秋方中三五月正圓寶堂豁
三門金魄當其前月與寶相射晶光爭鮮妍照人
心骨冷竟夕不欲眠曉尋南塔路亂竹低嬋娟林
幽不逢人寒蝶飛翾翾山果不識名離離夾道蕃
足以療飢乏摘嘗味甘酸道南藍谷神紫纖白紙
錢若歲有水旱詔使修蘋蘩以地清淨故獻奠無
葷羶危石疊四五巋嵬欹且刓造物者何意堆在
巖東偏冷滑無人跡苔點如花牋我來登上頭下
臨不測淵目眩手足掉不敢低頭看風從石下生

薄人而上搏衣服似羽翮開張欲飛騫㠓㠓三面峰峰尖刀劍攢往往白雲過決開露青天西北日落時夕暉紅團團千里翠屏外走下丹砂丸東南月上時夜氣青漫漫百丈碧潭底寫出黃金盤藍水色似藍日夜長潺潺周迴繞山轉下視如青環或鋪為慢流或激為奔湍泓澄最深處浮出蛟龍涎側身入其中懸磴尤險艱捫蘿踏樛木下逐飲澗猨雪迸起白鷺錦跳驚紅鱣歇定方盥漱濯去支體煩淺深皆洞徹可照腦與肝但愛清見底欲

尋不知源東崖饒怪石積甃蒼琅玕温潤發於外
其閒韞璵璠卞和死已久良玉多棄捐或時洩光
彩夜與星月連中頂最高峰拄天青玉竿颼飀上
不得豈我能攀援上有白蓮池素葩覆清瀾聞名
不可到處所非人寰又有一片石大如方尺甎插
在半壁上其下萬仞懸云有過去師坐得無生禪
號爲定心石長老世相傳却上謁仙祠蔓草生綿
綿昔聞王氏子羽化升上元其西曬藥臺猶對芝
术田時復明月夜上聞黃鶴言迴尋畫龍堂二叟

鬚髮斑。想見聽法時。歡喜禮印壇。復歸泉窟下。化作龍蜿蜒。階前石孔在。欲雨生白煙。往有寫經僧。身靜心精專。感彼雲外鴿。羣飛千翩翩。來添硯中水。去吸巖下泉。一日三往復。時節長不僁。經成號聖僧。弟子名揚難。誦此蓮花偈。數滿百億千。身壞口不壞。舌根如紅蓮。顱骨今不見。石函尚存焉。粉壁有吳畫。筆彩依舊鮮。素屏有褚書。墨色如新乾。靈境與異跡。周覽無不殫。一遊五晝夜。欲返仍盤桓。我本山中人。誤爲時綱牽。牽率使讀書。推挽令

効官既登文字科又忝諫諍員拙直不合時無益
同素餐以此自慚惕戚戚常寡歡無成心力盡未
老形骸殘今來脫簪組始覺離憂患及為山水遊
彌得縱疎頑野麋斷羈絆行走無拘攣池魚放入
海一往何時還身著居士衣手把南華篇終來此
山住永謝區中緣我今四十餘從此終身閑若以
七十期猶得三十年

汎溢水

四月未全熱麥涼江氣秋湖山處處好最愛溢水

頭湓水從東來一派入江流可憐似縈帶中有隨
風舟命酒一臨汎舍鞍揚棹謳放廻岍傍馬去逐
波閒鷗煙浪始渺渺風襟亦悠悠初疑上河漢中
若尋瀛洲汀樹綠拂地沙艸芳未休青蘿與紫葛
枝蔓垂相樛縈纜步平岍回頭望江州城雉映水
見隱隱如蜃樓日入意未盡將歸復少留到官行
半歲今日方一遊此地來何暮可以寫吾憂

截樹

種樹當前軒樹高柯葉繁惜哉遠山色隱此蒙籠

間。一朝持斧斤。手自截其端。萬葉落頭上。千峰來面前。忽似決雲霧。豁達覩青天。又如所念人。久別一欵顏。始有清風至。稍見飛鳥還。開懷東南望。目遠心遼然。人各有偏好。物莫能兩全。豈不愛柔條。不如見青山。

自蜀江至洞庭湖口有感而作

江從西南來。浩浩無旦夕。長波逐若瀉。連山鑿如劈。千年不壅潰。萬里無墊溺。不爾民為魚。大哉禹之績。導岷既艱遠。距海無咫尺。胡為不訖功。湖水

斯委積洞庭與青草大小兩相敵混合萬丈深淼
茫千里白每歲秋夏時浩大吞七澤水族窟穴多
農人土地窄我今尚嗟歎禹豈不愛惜邈未究其
由想古觀遺跡疑自苗人頑恃嶮不終役帝亦無
奈何留患與今昔水流天地內如身有血脈滯則
為疽疣治之在鍼石安得禹復生為唐水官伯手
提倚天劍重來親指畫疏河似剪紙決壅如裂帛
滲作膏腴田蹋平魚鼈宅龍宮變閭里水府生禾
麥坐添百萬戶書我司徒籍

別元九後詠所懷

零落桐葉雨，蕭條槿花風。悠悠早秋意，生此幽閑中。況與故人別，中懷正無悰。勿云不相送，心到青門東。相知豈在多，但問同不同。同心一人去，坐覺長安空。

別舍弟後月夜

悄悄初別夜，去住兩盤桓。行子孤燈店，居人明月軒。平生共貧苦，未必日成歡。及此暫為別，懷抱已憂煩。況是庭葉盡，復思山路寒。如何為不念，馬瘦衣裳單。

初與元九別後忽夢見之及寤而書適至兼寄桐花詩悵然感懷因以此寄（元九初謫江陵）

永壽寺中語。新昌坊北分。歸來數行淚。悲事不悲君。悠悠藍田路。自去無消息。計君食宿程。已過商山北。昨夜雲四散。千里同月色。曉來夢見君。應是君相憶。夢中握君手。問君意何如。君言苦相憶。無人可寄書。覺來未及說。叩門聲冬冬。言是商州使。送君書一封。枕上忽驚起。顛倒著衣裳。開緘見手扎一紙十三行上論遷謫心下説離別腸心腸都未盡不暇叙炎凉云作此書夜夜宿商州東獨對孤燈坐陽城山館中夜深作書畢山月向西斜月下何所有一樹紫桐花桐花半落時復道正相思殷勤書背後兼寄桐花詩桐花詩八韻思緒一何深以我今朝意想君此夜心一章三遍讀一句十回吟珍重八十字字字化為金

寄微之三首

江州望通州天涯與地末有山萬丈高有江千里

濶閒之以雲霧飛鳥不可越誰知千古險為我二人設通州君初到鬱鬱愁如結江州我方去迢迢行未歇道路日乖隔音信日斷絕因風欲寄語地遠聲不徹生當復相逢死當從此別

君遊襄陽日我在長安住今君在通州我過襄陽去襄陽九里郭樓雉連雲樹顧此稍依依是君舊遊處蒼茫蒹葭水中有潯陽路此去更相思江西少親故

去國日已遠喜逢物似人如何含此意江上坐思

君有如河嶽氣相合方氛氳狂風吹中絕兩處成孤雲風廻終有時雲合豈無因努力各自愛窮通我爾身。

送客回晚興

城上雲霧開沙頭風浪定參差亂山出淡泞平江淨行客舟已遠居人酒初醒嫋嫋秋竹梢巴蟬聲似磬。

東坡種花二首

持錢買花樹城東坡上栽但購有花者不限桃杏

梅。百果參雜種。千枝次第開。天時有早晚。地力無
高低。紅者霞豔豔。白者雪皚皚。遊蜂遂不去。好鳥
亦來棲。前有長流水。下有小平臺。時拂臺上石。一
舉風前杯。花枝蔭我頭。花蕊落我懷。獨酌復獨詠。
不覺日平西。巴俗不愛花。竟春無人來。惟此醉太
守。盡日不能廻。
東坡春向暮。樹木今何如。漠漠花落盡。翳翳葉生
初。每日領童僕。荷鋤仍決渠。剗土壅其本。引泉溉
其枯。小樹低數尺。大樹長丈餘。封植來幾時。高下

齊扶踈養樹既如此養民亦何殊將欲茂枝葉必
先救根株云何救根株勸農均賦租云何茂枝葉
省事寛刑書移此為郡政庶幾甿俗蘇

洛下卜居

三年典郡歸所得非金帛天竺石兩片華亭鶴一
隻飲啄供稻粱苞裹用茵席誠知是勞費其奈心
愛惜遠從餘杭郭同到洛陽陌下擔拂雲根開籠
展霜翮貞姿不可雜高性宜其適遂就無塵坊仍
求有水宅東南得幽境樹老寒泉碧池畔多竹陰

門前少人迹未請中庾祿且脫雙驂易豈獨爲身謀安吾鶴與石

郡中西園

閑園多芳草春夏香靡靡深樹足佳禽旦暮鳴不已院門閉松竹庭徑穿蘭芷愛彼池上橋獨來聊徙倚魚依藻長樂鷗見人暫起有時舟隨風盡日蓮照水誰知郡府內景物閑如此始悟諠靜緣何嘗繫遠邇

雙石

蒼然兩片石厥狀怪且醜俗用無所堪時人嫌不
取結從胚渾始得自洞庭口萬古遺水濱一朝入
吾手擔舁來郡內洗刷去泥垢孔黑煙痕深罅青
苔色厚老蛟蟠作足古劍插為首忽疑天上落不
似人間有一可支吾琴一可貯吾酒峭絕高數尺
坳泓容一斗五絃倚其左一杯置其右窪樽酌未
空玉山頹已久人皆有所好物各求其偶漸恐少
年場不容垂白叟迴頭問雙石能伴老夫否石雖
不能言許我為三友

喜雨

圃旱憂葵堇，農旱憂禾菽。人各有所私，我旱憂松竹。松乾竹焦死，眷眷在心目。灑葉溉其根，汲水勞僮僕。油雲忽東起，凉雨凄相續。似面洗垢塵，如頭得膏沐。千柯習習潤，萬葉欣欣綠。十日澆灌功，不如一霢霂。方知宰生靈，何異活草木。所以聖與賢，同心調玉燭。

和微之詩二十三首 并序 録一首

微之又以近作二十三首寄來，命僕繼和。其間瘀絮四百字車斜二十篇者流皆韻劇辭殫瓌奇怪譎又題云奉煩只此一度乞不見辭意欲定覇取威罝僕於窮地耳大凡依次用韻韻同而意殊約體為文文成而理勝此足下素所長者僕何有焉今足下果用所長過蒙見窘然敵則氣作急則計生四十二章麾掃並畢不知大敵以為何如夫斸石破山先觀鑱迹發矢中的兼聽弦聲以足下來章惟求相困故老僕報語不覺大誇況曩者唱酬近來因繼已十六卷凡

千餘首矣其為敵也當今不見其為多也從古未聞所謂天下英雄惟使君與操耳戲及此者亦欲三千里外一破愁顏勿示他人以取笑誚

樂天白

和三月三十日四十韻

送春君何在君在山陰署憶我蘇杭時春遊亦多處為君歌往事豈敢辭勞慮莫怪言語狂須知酬答遽江南臘月半水凍凝如瘀寒景尚蒼茫和風已吹噓女牆城似竈雁齒橋如鋸魚尾上奫淪草

芽生沮洳。律遲太蔟管。日暖羲和馭。布澤木龍催。迎春土牛助。雨師習習灑。雲將飄飄翥。四野萬里晴。千山一時曙。杭土麗且康。蘇民富而庶。善惡有懲勸。剛柔無吐茹。兩衙少辭牒。四境稀書疏。俗以勞倈安。政因閒暇著。仙亭日登眺。虎卯時遊豫。尋幽駐旌軒。選勝廻賓御。舟移溪鳥避。樂作林猨覷。池古莫邪沈。石奇羅剎踞。水苗泥易耨。畲粟灰難鉏。紫蕨抽出畦。白蓮埋在淤。萎花紅帶黷。溼葉黃含菸。鏡動波颭菱。雪廻風旋絮。手經攀桂馥。齒為

嘗梅楚。坐并船脚敲行多馬蹄跙。聖賢清濁醉。水
陸鮮肥飫。魚膾芥醬調。水葵鹽豉絮。雖微五袴歌。
幸免兆人詛。但令樂不荒。何必遊無倨。吳苑僕尋
罷。越城公尚據。舊遊幾客存。新宴誰人與。莫空文
舉酒。強下何曾箸。江上易優游。城中多毀譽。分應
當自盡。事勿求人恕。我既無子孫。君仍畢婚娶。久
為雲雨別。終擬江湖去。范蠡有扁舟。陶潛有籃轝。
兩心苦相憶。兩口遙相語。最恨七年春。春來各一
處。

翫止水

動者樂流水靜者樂止水利物不如流鑒形不如止淒清早霜降淅瀝微風起中面紅葉開四隅綠萍委廣狹八九丈灣環有涯涘淺深三四尺洞徹無表裏淨分鶴翹足澄見魚掉尾迎眸洗眼塵隅胷蕩心滓定將禪不別明與誠相似清能律貪夫澹可交君子豈惟空狎翫亦取相倫擬欲識靜者心心源只如此

聞崔十八宿予新昌敝宅時予亦宿崔家依

仁新亭一宵偶同兩興暗合因而成詠聊以
寫懷

陋巷掩敝廬，髙居敞華屋。新昌十株松，依仁萬莖竹。松前月臺白，竹下風池綠。君向我齋眠，我在君亭宿。平生有微尚，彼此多幽獨。何必本主人，兩心聊自足。

遊坊口懸泉偶題石上（時為河南尹）

濟源山水好，老尹知之久。常日聽人言，今秋入吾手。孔山刀劍立，沁水龍蛇走。危磴上懸泉，澄灣轉

坊口虛明見深底淨緑無纖垢仙櫂浪悠揚塵纓風抖藪巖寒松柏短石古莓苔厚錦座纓高低翠屏張左右雖無安石妓不乏文舉酒談笑遂身來管絃隨事有時逢杖錫客或值垂綸叟相與澹忘歸自辰將及酉公門欲返駕溪路猶迴首早晚重來遊心期罷官後

秋涼閒卧

殘暑晝猶長早涼秋尚嫩露荷散清香風竹含疎韻幽閒竟日卧衰病無人問薄暮宅門前槐花深

一寸

代鶴

我本海上鶴偶逢江南客感君一顧恩同來洛陽
陌洛陽寡族類皎皎惟兩翼貌是天與高色非日
浴白主人誠可戀其奈軒庭窄飲啄雜雞羣年深
損標格故鄉渺何處雲水重重隔誰念深籠中七
換摩天翮

立秋夕有懷夢得

露簟荻竹青風扇蒲葵輕一與故人別再見新蟬

鳴是夕涼颸起閑境入幽情迴燈見棲鶴隔竹聞
吹笙夜茶一兩杓秋吟三數聲所思渺千里雲水
長洲城

北窗三友

今日北窗下自問何所為欣然得三友三友者為
誰琴罷輒舉酒酒罷輒吟詩三友遞相引循環無
已時一彈愜中心一詠暢四肢猶恐中有間以醉
彌縫之豈獨吾拙好古人多若斯嗜詩有淵明嗜
琴有啟期嗜酒有伯倫三人皆吾師或乏儋石儲

或穿帶索衣絃歌復觴詠樂道知所歸三師去已
遠高風不可追三友遊甚熟無日不相隨左擲白
玉巵右拂黃金徽興酣不疊紙走筆操狂詞誰能
持此詞為我謝親知縱未以為是豈以我為非

裴侍中晉公以集賢林亭即事詩二十六韻
見贈猥蒙徵和才拙詞繁輒廣為五百言以
伸酬獻

三江路千里五湖天一涯何如集賢第中有平津
池池勝主見覺景新人未知竹森翠琅玕水深洞

琉璃水竹以為質質立而文隨文之者何人公來親指麾疏鑿出人意結構得地宜虛襟一搜索勝槩無遁遺因下張沼沚依高築階基嵩峰見數片伊水分一支南溪修且直長波碧逶迤北館壯復麗倒影紅參差東島號晨光杲曜迎朝曦西顏名夕陽杳曖留落暉前有水心亭動蕩架漣漪後有開闔堂寒溫變天時幽泉鏡泓澄怪石山敧危春葩雪漠漠夏果珠離離主人命方舟宛在水中坻親賓次第至酒樂前後施解纜始登汎山遊仍水

嬉。沿洄無滯礙。向背窮幽奇。暫過遠橋下。飄旋深澗陲。管絃去縹緲。羅綺來霏微。櫂風逐舞迴。梁塵隨歌飛。宴餘日云暮。醉客未放歸。高聲索彩牋。大笑催金卮。唱和筆走疾。問答杯行遲。一詠清兩耳。一酣暢四肢。主客忘貴賤。不知倶是誰。客有詩魔者。吟哦不知疲。乞公殘紙墨。一埽狂歌詞。維云社稷臣。赫赫文武姿。十授丞相印。五建大將旗。四朝致勳華。一身冠臯夔。去年才七十。決赴懸車期。公志不可奪。君恩亦難違。從容就中道。俛僶來保釐。

貂蟬雖未脫鸞凰已不羈歷徵今與古獨步無等
夷陸賈功業少二疏官秩卑乘舟范蠡懼辟穀留
侯飢豈若公今日身安家國肥羊祜在漢南空留
峴首碑柳惲在江南祇賦汀洲詩謝安入東山但
說攜蛾眉山簡醉高陽惟聞倒接䍦豈如公今日
餘力兼有之願公壽如山安樂長在茲願我比蒲
稗永得相因依

菩提寺上方晚望香山寺寄舒員外

晚登西寶刹晴望東精舍反照轉樓臺輝輝似圖

盡冰浮水明滅雪壓松偃亞石閣僧上來雲汀雁飛下西京閙於市東洛閑如社曾憶舊遊無香山明月夜

遊平泉宴浥澗宿香山石樓贈座客

逸少集蘭亭季倫宴金谷金谷太繁華蘭亭闕絲竹何如今日會浥澗平泉曲杯酒與管絃貧中隨分足紫鮮林筍嫩紅潤園桃熟采摘助盤筵芳滋盈口腹閑吟暮雲碧醉藉春草綠舞妙豔流風歌清叩寒玉古詩惜晝短勸我令秉燭是夜勿言歸

相攜石樓宿

和夢得洛中早春見贈七韻

衆皆賞春色，君獨憐春意。春意竟如何，老夫知此味。燭餘減夜漏，衾暖添朝睡。恬和臺上風，虚潤池邊地。開遲花養豔，語嬾鶯含思。似訝隔年齋，如勸迎春醉。何日同宴遊，心期二月二。

李盧二中丞各創山居俱誇勝絶然去城稍遠來往頗勞㣲居新泉實在宇下偶題十五韻聊戲二君

龍門蒼石辟浥澗碧潭水各在一山隅迢迢幾十里清鏡碧屏風惜哉信為美愛而不得見亦與無相似聞君每來去矻矻事行李脂轄復裹糧心力頗勞止未如吾舍下石與泉甚邇鑿鑿復濺濺晝夜流不已洛石千萬拳襯波鋪錦綺海珉一兩片激瀨含宮徵綠宜春濯足淨可朝漱齒繞砌紫鱗游拂簾白鳥起何言履道叟便是滄浪子君若趁歸程請君先到此願以潺湲聲洗君塵土耳

香山詩選卷之二目録

七言古詩

新樂府録二十首

蠻子朝

驃國樂

縛戎人

驪宮高

青石

西涼伎

澗底松

牡丹芳

紅線毯

香山詩選卷之二

古歙曹文埴竹虛甫手訂

七言古詩

新樂府 并序 元和四年為左拾遺時作 錄二十首

序曰。凡九千二百五十二言。斷為五十篇。篇篇無定句。句無定字。繫於意不繫於文。首句標其目。卒章顯其志。詩三百之義也。其辭質而徑。欲見之者易諭也。其言直而切。欲聞之者深誡也。其事覈而實。使采之者傳信也。其體順而律。可以播於樂章歌曲也。總而言之。為君為臣為民為物為事而作。不為文而作也。

七德舞　美撥亂陳王業也。武德中天子始作秦王破陳樂以歌太宗之功業貞觀初太宗重制破陳樂舞圖詔魏徵虞世南等為之歌詞名七德舞自龍朔已後詔郊廟享宴皆先奏之

七德舞。七德歌。傳自武德至元和。元和小臣白居易觀舞聽歌知樂意。樂終稽首陳其事。太宗十八舉義兵。白旄黃鉞定兩京。擒充戮竇四海清。二十有四功業成。二十有九即帝位。三十有五致太平。

功成理定何神速速在推心置人腹亡卒遺骸散帛收飢人賣子分金贖魏徵夢見子夜泣張謹哀聞辰日哭怨女三千放出宮死囚四百來歸獄剪鬚燒藥賜功臣李勣嗚咽思殺身含血吮瘡撫戰士思摩奮呼乞効死則知不獨善戰善乘時以心感人人心歸爾來一百九十載天下至今歌舞之歌七德舞七德聖人有作垂無極豈徒耀神武豈徒誇聖文太宗意在陳王業王業艱難示子孫

海漫漫　戒求仙也

海漫漫直下無底旁無邊雲濤煙浪最深處人傳
中有三神山山上多生不死藥服之羽化為天仙
秦皇漢武信此語方士年年采藥去蓬萊今古但
聞名煙水茫茫無覓處海漫漫風浩浩眼穿不見
蓬萊島不見蓬萊不敢歸童男丱女舟中老徐福
文成多誑誕上元太一虛祈禱君看驪山頂上茂
陵頭畢竟悲風吹蔓艸何況元元聖祖五千言不
言藥不言仙不言白日昇青天

上陽白髮人　愍怨曠也　天寶五載已後楊貴妃專寵後

宮人無復進幸矣六宮有美色者輒置別所上陽是其一也貞元中尚存焉

上陽人

上陽人，紅顏暗老白髮新。綠衣監使守宮門，一閉上陽多少春。元宗末歲初選入，入時十六今六十。同時采擇百餘人，零落年深殘此身。憶昔吞悲別親族，扶入車中不教哭。皆云入內便承恩，臉似芙蓉胷似玉。未容君王得見面，已被楊妃遙側目。妒令潛配上陽宮，一生遂向空房宿。宿空房，秋夜長，夜長無寐天不明。耿耿殘燈背壁影，蕭蕭暗雨打窗聲。春日遲，日遲獨坐天難暮。宮鶯百囀愁猒聞。梁燕雙栖老休妬。鶯歸燕去長悄然。春往秋來不記年惟向深宮望明月東西四五百回圓今日宮中年最老大家遙賜尚書號小頭鞵履窄衣裳青黛點着着細長外人不見見應笑天寶末年時世粧上陽人苦最多少亦苦老亦苦少苦老苦兩如何君不見昔時呂尚美人賦又不見今日上陽宮人白髮歌

新豐折臂翁　戒邊功也。

新豐老翁八十八。頭鬢眉鬚皆似雪。元孫扶向店

前行左臂憑肩右臂折問翁臂折來幾年兼問致
折何因緣翁云貫屬新豐縣生逢聖代無征戰慣
聽棃園歌管聲不識旗槍與弓箭無何天寶大徵
兵戶有三丁點一丁點得驅將何處去五月萬里
雲南行聞道雲南有瀘水椒花落時瘴煙起大軍
徒涉水如湯未過十人二三死邨南邨北哭聲哀
兒別爺孃夫別妻皆云前後征蠻者千萬人行無
一回是時翁年二十四兵部牒中有名字夜深不
敢使人知偷將大石槌折臂張弓簸旗俱不堪從

玆始免征雲南。骨碎筋傷非不苦。且圖揀退歸鄉
土。此臂折來六十年。一肢雖廢一身全。至今風雨
陰寒夜。直到天明痛不眠。痛不眠。終不悔。且喜老
身今獨在。不然當時瀘水頭。身死魂孤骨不收。應
作雲南望鄉鬼。萬人冢上哭呦呦。老人言。君聽取。
君不聞開元宰相宋開府。不賞邊功防黷武。又不
聞天寶宰相楊國忠。欲求恩幸立邊功。邊功未立
生人怨。請問新豐折臂翁。

昆明春　思王澤之廣被也　貞元中始漲之

昆明春昆明春春池岍古春流新影浸南山青滉瀁波沉西日紅奫淪往年因旱靈池竭龜尾曳塗魚喣沫詔開八水注恩波千介萬鱗同日活今來淨渌水照天游魚鱍鱍蓮田田洲香杜若抽心短沙暖鴛鴦鋪翅眠動植飛沉性皆遂皇澤如春無不被漁者仍豐網罟資貧人又獲菰蒲利詔以昆明近帝城官家不得收其征菰蒲無租魚無稅近水之人感君惠感君惠獨何人吾聞率土皆王民遠民何疎近何親願推此惠及天下無遠無近同

忻忻吳興山中罷搉茗鄱陽坑裏休稅銀天涯地角無禁利熙熙同似昆明春

道州民　羨賢臣遇明主也

道州民多侏儒長者不過三尺餘市作矮奴年進奉號為道州任土貢任土貢寧若斯不聞使人生別離老翁哭孫母哭兒一自陽城來守郡不進矮奴頻詔問城云臣按六典書任土貢有不貢無道州水土所生者只有矮民無矮奴吾君感悟璽書下歲貢矮奴宜悉罷道州民老者幼者何欣欣父

兄子弟始相保從此得作良人身道州民民到於今受其賜欲説使君先下淚仍恐兒孫忘使君生男多以陽為字

蠻子朝　刺將驕而相備位也　增李傳云貞元末蜀中始通蠻酋

蠻子朝泛皮船兮渡繩橋來自巂州道路遥入界先經蜀川過蜀將收功先表賀臣聞雲南六詔蠻東連牂牁西接蕃六詔星居初瑣碎合為一詔漸强大開元皇帝雖聖神惟蠻倔强不來賓鮮於仲

通六萬卒征蠻一陳全軍沒至今西洱河岸邊箭孔刀痕滿枯骨誰知今日慕華風不勞一人蠻自通誠由陛下休明德亦賴微臣誘諭功德宗省表知如此笑令中使迎蠻子蠻子道從者誰何摩挲俗羽雙隈伽清平官持赤藤杖大將軍繫金呿嗟異牟尋男尋閤勸特敕召對延英殿上心貴在懷遠蠻引臨玉座近天顏冕旒不垂親勞倈賜衣賜食移時對移時對不可得大臣相看有羨色可憐宰相拖紫佩金章朝日惟聞對一刻

驃國樂　欲王化之先邇後遠也（貞元十七年來獻）

驃國樂，驃國樂，出自大海西南角。雍羌之子舒難陀，來獻南音奉正朔。德宗立仗御紫庭，黈纊不塞為爾聽。玉螺一吹椎髻聳，銅鼓一擊文身踴。珠纓炫轉星宿搖，花鬘斗藪龍蛇動。曲終王子啟聖人，臣父願為唐外臣。左右歡呼何翕習，至尊德廣之所及。須臾百辟詣閤門，俯伏拜表賀至尊。伏見驃人獻新樂，請書國史傳子孫。時有擊壤老農父，暗測君心閑獨語聞君政化甚聖明欲感人心致太平感人在近不在遠太平由實非由聲觀身理國國可濟君如心兮民如體體生疾苦心憯悽民得和平君愷悌貞元之民若未安驃樂雖聞君不歡貞元之民苟無病驃樂不來君亦聖驃樂驃樂徒喧喧不如聞此蒭蕘言

縛戎人　達窮民之情也。元云近制西邊每擒蕃酋例皆傳置南方不加勦戮

縛戎人縛戎人耳穿面破驅入秦天子矜憐不忍

殺詒徙東南吳與越黃衣小使録姓名領出長安
乘遞行身被金瘡面多瘠扶病徒行日一驛朝飡
飢渴費杯盤夜卧腥臊汚牀席忽逢江水憶交河
垂手齊聲嗚咽歌其中一虜語諸虜爾苦非多我
苦多同伴行人因借問欲説喉中氣憤憤自云鄉
管本凉原大歷年中没落蕃一落蕃中四十載身
著皮裘繫毛帶唯許正朝服漢儀斂衣整巾潛淚
垂誓心密定歸鄉計不使蕃中妻子知暗思幸有
殘筋骨更恐年衰歸不得蕃候嚴兵鳥不飛脱身

冐死奔逃歸晝伏宵行經大漠雲陰月黑風沙惡驚藏青冢寒艸疎偷度黃河夜冰薄忽聞漢軍鼙鼓聲路旁走出再拜迎游騎不聽能漢語將軍遂縛作蕃生配向江南卑濕地定無存卹空防備念此吞聲仰訴天若為辛苦度殘年涼原鄉井不得見胡地妻兒虛棄捐沒蕃被囚思漢土歸漢被刼為蕃虜早知如此悔歸來兩地寧如一處苦縛戎人戎人之中我苦辛自古此寃應未有漢心漢語吐蕃身

驪宮高　美天子重惜人之財力也。

高高驪山上有宮。朱樓紫殿三四重。遲遲兮春日。玉甃煖兮溫泉溢。嫋嫋兮秋風。山蟬鳴兮宮樹紅。翠華不來兮歲月久。牆有衣兮瓦有松。吾君在位已五載。何不一幸於其中。西去都門幾多地。吾君不遊有深意。一人出兮不容易。六宮從兮百司備。八十一車千萬騎。朝有宴飫暮有賜。中人之產數百家。未足充君一日費。吾君修己人不知。不自逸兮不自嬉。吾君愛人人不識。不傷財兮不傷力。驪

宮高兮高入雲君之來兮為一身君之不來兮為萬人

青石　激忠烈也

青石出自藍田山兼車運載來長安工人磨琢欲何用石不能言我代言不願作人家墓前神道碣墳土未乾名已滅不願作官家道旁德政碑不鐫實録鐫虛辭願為段氏顔氏碑雕鏤太尉與太師刻此兩片堅貞質狀彼二人忠烈姿義心如石屹不轉死節如石確不移如覩奮擊朱泚日似見叱

呵希烈時各於其上題名謚一置高山一沉水陵谷雖遷碑獨存骨化為塵名不死長使不忠不烈臣觀碑改節慕為人慕為人勸事君

西涼伎　刺封疆之臣也

西涼伎假面胡人假獅子刻木為頭絲作尾金鍍眼睛銀帖齒奮迅毛衣擺雙耳如從流沙來萬里紫髯深目兩胡兒鼓舞跳梁前致辭應似涼州未陷日安西都護進來時須臾云得新消息安西路絕歸不得泣向獅子涕雙垂涼州陷沒知不知獅

子回頭向西望哀吼一聲觀者悲貞元邊將愛此曲醉坐笑看看不足享賓犒士宴監軍獅子胡兒長在目有一征夫年七十見弄涼州低面泣泣罷斂手白將軍主憂臣辱昔所聞自從天寶兵戈起犬戎日夜吞西鄙涼州陷來四十年河隴侵將七千里平時安西萬里疆今日邊防在鳳翔緣邊空屯十萬卒飽食溫衣閑過日遺民腸斷在涼州將卒相看無意收天子每思常痛惜將軍欲說合慚羞奈何仍看西涼伎取笑資歡無所媿縱無智力

未能收忍取西涼弄為戲

澗底松　念寒儁也

有松百尺大十圍生在澗底寒且卑澗深山險人路絕老死不逢工度之天子明堂欠梁木此求彼有兩不知誰諭蒼蒼造物意但與之材不與地金張世祿原憲貧牛衣寒賤貂蟬貴貂蟬與牛衣高下雖有殊高者未必賢下者未必愚君不見沉沉海底生珊瑚歷歷天上種白榆

牡丹芳　美天子憂農也

牡丹芳。牡丹芳。黄金蕊綻紅玉房。千片赤英霞爛爛。百枝絳焰燈煌煌。照他初開錦繡段。當風不結蘭麝囊。仙人琪樹白無色。王母桃花小不香。宿露輕盈泛紫豔。朝陽照耀生紅光。紅紫二色間深淺。向背萬態隨低昂。映葉多情隱羞面。卧叢無力含醉妝。低嬌笑容疑掩口。凝思怨人如斷腸。穠姿貴彩信奇絕。雜卉亂花無比方。石竹金錢何細碎。芙蓉芍藥苦尋常。遂使王公與卿相。遊花冠蓋日相望。庳車輭轝貴公主。香衫細馬豪家郎。衛公宅靜閑東院西明寺深開北廊戲蝶雙舞看人久殘鶯一聲春日長共愁日照芳難駐仍張帷幕垂陰涼花開花落二十日一城之人皆若狂三代以還文勝質人心重華不重實重華直至牡丹芳其來有漸非今日元和天子憂農桑卹下動天天降祥去歲嘉禾生九穗田中寂莫無人至今年瑞麥分兩岐君心獨喜無人知無人知可嘆息我願暫求造化力減却牡丹妖豔色少迴卿士愛花心同似吾君憂稼穡

紅線毯　憂蠶桑之費也。

紅線毯。擇繭繰絲清水煮。練絲練線紅藍染。染為紅線紅於花。織作披香殿上毯。披香殿廣十丈餘。紅線織成可殿鋪。綵絲茸茸香拂拂。線軟花虛不勝物。美人蹋上歌舞來。羅襪繡鞵隨步沒。太原毯澀毳縷硬。蜀都褥薄錦花冷。不如此毯溫且柔。年年十月來宣州。宣州太守加樣織。自謂為臣能竭力。百夫同擔進宮中。線厚絲多卷不得。宣州太守知不知。一丈毯千兩絲。地不知寒人要暖。少奪人

衣作地衣

杜陵叟　傷農夫之困也

杜陵叟杜陵居歲種薄田一頃餘三月無雨旱風起麥苗不秀多黃死九月降霜秋早寒禾穗未熟皆青乾長吏明知不申破急斂暴徵求考課典桑賣地納官租明年衣食將何如剝我身上帛奪我口中粟虐人害物即豺狼何必鉤爪鋸牙食人肉不知何人奏皇帝帝心惻隱知人弊白麻紙上書德音京畿盡放今年稅昨日里胥方到門手持尺

牒牓鄉邨十家租稅九家畢虛受吾君蠲免恩

賣炭翁　苦宮市也

賣炭翁伐薪燒炭南山中滿面塵灰煙火色兩鬢蒼蒼十指黑賣炭得錢何所營身上衣裳口中食可憐身上衣正單心憂炭賤願天寒夜來城外一尺雪曉駕炭車輾冰轍牛困人飢日已高市南門外泥中歇兩騎翩翩來是誰黃衣使者白衫兒手把文書口稱勅廻車叱牛牽向北一車炭千餘斤宮使驅將惜不得半疋紅紗一丈綾繫向牛頭充

炭直。

陰山道　鶻馬價　疾貪虜也。桉李傳云元和二年有詔悉以金銀酬回

陰山道。陰山道。紇邏敦肥水泉好。每至戎人送馬
時。道傍千里無纖艸。艸盡泉枯馬病羸。飛龍但印
骨與皮。五十匹縑易一匹。縑去馬來無了日。養無
所用去非宜。每歲死傷十六七。縑絲不足女工苦。
疎織短截充匹數。藕絲蛛網三丈餘。囘鶻訴稱無
用處。咸安公主號可敦。遠為可汗頻奏論。元和二

年下新勑内出金帛酬馬直仍詔江淮馬價縑從此不令踈短織合羅將軍呼萬歲捧授金銀與縑綵誰知黠虜啟貪心明年馬多來一倍縑漸好馬漸多陰山虜奈爾何

隋堤柳　憫亡國也

隋堤柳歲久年深盡衰朽風飄飄兮雨蕭蕭三株兩株汴河口老枝病葉愁殺人曾經大業年中春大業年中煬天子種柳成行夾流水西至黃河東至淮綠影一千三百里大業末年春暮月柳色如

煙絮如雪南幸江都恣佚遊應將此樹蔭龍舟紫髯郎將護錦纜青蛾御史直迷樓海内財力此時竭舟中歌笑何日休上荒下困勢不久宗社之危如綴旒煬天子自言福祚長無窮豈知皇子封酅公龍舟未過彭城閣義旗已入長安宫蕭牆禍生人事變晏駕不得歸秦中土墳數尺何處塟吳公臺下多悲風二百年來汴河路沙艸和煙朝復暮後王何以鑒前王請看隋堤亡國樹

采詩官　監前王亂亡之由也

采詩官。采詩聽歌導人言。言者無罪聞者誡。下流上通上下泰。周滅秦興至隋氏。十代采詩官不置。郊廟登歌讚君美。樂府豔詞悅君意。若求興諭規刺言。萬句千章無一字。不是章句無規刺。漸恐朝廷絕諷議。諍臣杜口為冗員。諫鼓高懸作虛器。一人負扆常端默。百辟入門皆自媚。夕郎所賀皆德音。春官每奏惟祥瑞。君之堂兮千里遠。君之門兮九重閟。君耳惟聞堂上言。君眼不見門前事。貪吏害民無所忌。奸臣蔽君無所畏。君不見厲王胡亥

之末年羣臣有利君無利君兮君兮願聽此欲開壅蔽達人情先向歌詩求諷刺

江南遇天寶樂叟

白頭老叟泣且言禄山未亂入棃園能彈琵琶和法曲多在華清隨至尊是時天下太平久年年十月坐朝元千官起居環珮合萬國會同車馬奔金鈿照耀石甕寺蘭麝熏煮温湯源貴妃宛轉侍君側體弱不勝珠翠繁冬雪飄飆錦袍暖春風蕩漾霓裳翻歡娛未足燕寇至弓勁馬肥胡語喧豳土

人遷避夷狄鼎湖龍去哭軒轅從此漂淪落南土
萬人死盡一身存秋風江上浪無限暮雨舟中酒
一樽涸魚久失風波勢枯艸曾沾雨露恩我自秦
來君莫問驪山渭水如荒村新豐樹老籠明月長
生殿闇鎖春雲紅葉紛紛蓋欹瓦緑苔重重封壞
垣唯有中官作宮使每年寒食一開門

醉後走筆酬劉五主簿長句之贈兼簡張大
賈二十四先輩昆季

劉兄文高行孤立十五年前名翕習是時相遇在

符離我年二十君三十得意忘年心迹親寓居同縣日知閭衡門寂寞朝尋我古寺蕭條暮訪君朝來暮去多攜手窮巷貧居何所有秋燈夜寫聯句詩春雪朝傾煖寒酒陴湖緑愛白鷗飛濉水清憐紅鯉肥偶語閑攀芳樹立相扶醉蹋落花歸張賈弟兄同里巷乘閑數數來相訪雨天連宿草堂中月夜徐行石橋上我年漸長忽自驚鏡中冉冉髭鬚生心畏後時同勵志身牽前事各求名問我栖栖何所適鄉人薦為鹿鳴客二千里别謝交游三

十韻詩憫行役出門可憐惟一身弊裘瘦馬入咸
秦鼕鼕街鼓紅塵闇晚到長安無主人二貫二張
與余弟驅車邐迤來相繼操詞握賦為干戈鋒鋭
森然勝氣多齊入文場同苦戰五人十載九登科
二張得雋名居甲美退爭雄重告捷棠棣輝榮並
桂枝芝蘭芬馥和荆葉惟有沅犀屈未伸握中自
謂駭雞珍三年不鳴鳴必大豈獨駭雞當駭人元
和運啟千年聖同遇明時余最幸始辭秘閣吏王
畿遽列諫垣升禁闈蹇步何堪鳴珮玉衰容不稱

著朝衣閶闔晨開朝百辟冕旒不動香煙碧步登
龍尾上虛空立去天顏無咫尺宮花似雪從乘輿
禁月如霜坐直廬身賤每驚隨內宴才微常媿草
天書晚松寒竹新昌第職居密近門多閉日暮銀
臺下直回故人到門門蹔開回頭下馬一相顧塵
土滿衣何處來斂手炎涼敘未畢先說舊山今悔
出岐陽旅宦少歡娛江左羈游費時日贈我一篇
行路吟吟之句句披沙金歲月徒催白髮貌泥塗
不屈青雲心誰會茫茫天地意短才獲用長才棄

我隨鵷鷺入煙雲，謬上丹墀為近臣。君同鸞鳳棲荆棘，猶著青袍作選人。惆悵知賢不能薦，徒為出入蓬萊殿。月慚諫紙二百張，歲媿俸錢三十萬。大底浮榮何足道，幾度相逢即身老。且傾斗酒慚羈愁，重話符離問舊遊。北巷鄰居幾家去，東林舊院何人住。武里邨花落復開，流溝山色應如故。感此酬君千字詩，醉中分手又何之。須知通塞尋常事，莫歎浮沉先後時。慷慨臨岐重相勉，殷勤別後加餐飯。君不見買臣衣錦還故鄉，五十身榮未為晚。

山鷓鴣

山鷓鴣。朝朝暮暮啼復啼。啼時露白風淒淒。黄茅崗頭秋日晚。苦竹嶺下寒月低。畬田有粟何不啄。石楠有枝何不棲。迢迢不緩復不急。樓上舟中聲闇入。夢鄉遷客展轉卧。抱兒寡婦彷徨立。山鷓鴣。爾本此鄉鳥。生不辭巢不别羣。何苦聲聲啼到曉。啼到曉。惟能愁北人。南人慣聞如不聞。

放旅鴈

九江十年冬大雪。江水生冰樹枝折。百鳥無食東西飛中有旅鴈聲最飢雪中啄艸氷上宿翅冷騰空飛動遲江童持網捕將去手攜入市生賣之我本北人今譴謫人鳥雖殊同是客見此客鳥傷客人贖汝放汝飛入雲鴈鴈汝飛向何處第一莫飛西北去淮西有賊討未平百萬甲兵久屯聚官軍賊軍相守老食盡兵窮將及汝健兒飢餓射汝喫拔汝翅翎為箭羽

畫竹歌 并序

協律郎蕭悅善畫竹舉時無倫蕭亦甚自祕重

有終歲求其一竿一枝而不得者。知予天與好
事。忽寫一十五竿。惠然見投。予厚其意。高其藝。
無以答。旣作歌以報之。凡一百八十六字云
植。物之中竹難寫。古今雖畫無似者。蕭郎下筆獨
逼真。丹青以來惟一人。人畫竹身肥擁腫。蕭畫莖
瘦節節竦。人畫竹梢死羸垂。蕭畫枝活葉葉動。不
根而生從意生。不筍而成由筆成。野塘水邊碕岸
側。森森兩叢十五莖。嬋娟不失筠粉態。蕭颯盡得
風煙情。舉頭忽看不似畫。低耳靜聽疑有聲。西叢

七莖勁而健省向天竺寺前石上見東叢八莖踈且寒憶曾湘妃廟裏雨中看幽姿遠思少人別與君相顧空長嘆蕭郎蕭郎老可惜手顫眼昏頭雪色自言便是絕筆時從今此竹尤難得

眞孃墓

眞孃墓虎邱道不識眞孃鏡中面惟見眞孃墓頭草霜摧桃李風折蓮眞孃死時猶少年脂膚荑手不牢固世間尤物難留連難留連易消歇塞北花江南雪

長恨歌

長恨歌傳開元中泰階平四海無事元宗在位歲久倦於旰食宵衣政無大小始委於右丞相深居遊宴以聲色自娛先是元獻皇后武淑妃皆有寵相次即世宮中雖良家子千數無可悅目者上心忽忽不樂時每歲十月駕幸華清宮内外命婦熠燿景從浴日餘波賜以湯沐春風靈液淡蕩其閒上心油然若有顧遇左右前後粉色如土詔高力士潛搜外宮得宏農楊元琰女於壽邸既笄矣鬒髮膩理纖穠中度舉止閑冶如漢武帝李夫人別疏湯泉詔賜澡瑩既出水體弱力微若不任羅綺光彩煥發轉動照人上甚悅進見之日奏霓裳羽衣曲以導之定情之夕授金釵鈿合以固之又命戴步搖垂金璫明年册爲貴妃半后服用繇是治其容敏其詞婉孌萬態

以中上意上益變焉時省風九州泥金五
岳驪山雪夜上陽春朝與上行同室宴專
席寢專房雖有三夫人九嬪二十七世婦
八十一御妻暨後宮才人樂府妓女使天
子無顧盼意自是六宮無復進幸者非徒
姝豔尤態致是蓋才智明慧善巧便佞先
意希旨有不可形容者叔父昆弟皆列在
清貫爵為通侯姊妹封國夫人富埒王室
車服邸第與大長公主侔而恩澤勢力則
又過之出入禁門不問京師長吏為側目
故當時謡詠有云生女勿悲酸生男勿喜
歡又曰男不封侯女作妃看女却為門上
楣其人心羨慕如此天寶末兄國忠盜丞
相位愚弄國柄及安祿山引兵向闕以討
楊氏為辭潼闕不守翠華南幸出咸陽道
次馬嵬亭六軍徘徊持戟不進從官郎吏
伏上馬前請誅以謝天下國忠奉氂纓盤
水死於道周左右之意未快上問之當時

敢言者請以貴妃塞天下怒上知不免而
不忍見其死反袂掩面使牽之而去蒼黃
展轉竟就絕於尺組之下既而元宗狩成
都肅宗受禪靈武明年大兇歸元大駕還
都尊元宗為太上皇就養南宮還於西内
時移事去樂盡悲來每至春之日冬之夜
池蓮夏開宮槐秋落黎園弟子玉琯發音
聞霓裳羽衣一聲則天顏不怡左右歔欷
三載一意其念不衰求之夢魂杳不能得
適有道士自蜀來知上皇心念楊妃如是
自言有李少君之術元宗大喜命致其神
方士乃竭其術以索之不至又能遊神馭
氣出天界沒地府以求之不見又旁求四
虛上下東極大海跨蓬壺見最高山山上
多樓闕西廊下有洞戶東向闔其門署曰
玉妃太真院方士抽箸和扉有雙鬟童女出
應門方士造次未及言而雙鬟復入俄有
碧衣侍女又至詰其所從方士因稱唐天

子使者且致其命碧衣云玉妃方寢請少待之於時雲海沉沉洞天日晚瓊户重闔悄然無聲方士屏息歛足拱手門下久之而碧衣延入且曰玉妃出見一人冠金蓮披紫綃珮紅玉曳鳳舄左右侍者七八人揖方士問皇帝安否次問天寶十四年巳還事言訖憫默指碧衣取金釵鈿合各折其半授使者曰為謝太上皇謹獻是物尋舊好也方士受辭與信將行色有不足玉妃固徵其意復前跪致詞請當時一事不為他人聞者驗於太上皇不然恐鈿合金釵負新垣平之詐也玉妃茫然退立若有所思徐而言之曰昔天寶十載侍輦避暑驪山宮秋七月牽牛織女相見之夕秦人風俗是夜張錦繡陳飲食樹瓜果焚香于庭號為乞巧宮掖間猶尚之夜始半休侍衛於東西廂獨侍上上凭肩而立因仰天感牛女事密相誓心願世世為夫婦言畢

執手各鳴咽此獨君王知之耳因自悲曰由此一念又不得居此復墮下界且結後緣或為天或為人決再相見好合如舊因言太上皇亦不久人閒幸惟自安無自苦耳使者還奏太上皇皇心震悼日日不豫其年夏四月南宮晏駕元和元年冬十二月太原白樂天自校書郎尉于盩屋鴻與琅邪王質夫家于是邑暇日相攜遊仙遊寺話及此事相與感嘆質夫舉酒于樂天前曰夫希代之事非遇出世之才潤色之則與時消沒不聞于世樂天深於詩多於情者也試為歌之如何樂天因為長恨歌意者不但感其事亦欲徵尤物致亂階垂于將來也歌既成使鴻傳焉世所不聞者予非開元遺民不得知世所知者有元宗本紀在今但傳長恨歌云爾前進士陳鴻撰

漢皇重色思傾國。御宇多年求不得。楊家有女初長成。養在深閨人未識。天生麗質難自棄。一朝選在君王側。迴眸一笑百媚生。六宮粉黛無顏色。春寒賜浴華清池。温泉水滑洗凝脂。侍兒扶起嬌無力。始是新承恩澤時。雲鬢花顏金步摇。芙蓉帳暖度春宵。春宵苦短日高起。從此君王不早朝。承歡侍宴無閒暇。春從春遊夜專夜。後宮佳麗三千人。三千寵愛在一身。金屋妝成嬌侍夜。玉樓宴罷醉和春。姊妹弟兄皆列土。可憐光彩生門户。遂令天

下父母心不重生男重生女驪宮高處入青雲仙
樂風飄處處聞緩歌慢舞凝絲竹盡日君王看不
足漁陽鞞鼓動地來驚破霓裳羽衣曲九重城闕
煙塵生千乘萬騎西南行翠華摇摇行復止西出
都門百餘里六軍不發無奈何宛轉蛾眉馬前死
花鈿委地無人收翠翹金雀玉搔頭君王掩面救
不得回看血淚相和流黃埃散漫風蕭索雲棧縈
紆登劍閣峨嵋山下少行人旌旗無光日色薄蜀
江水碧蜀山青聖主朝朝暮暮情行宮見月傷心

色夜雨聞鈴腸斷聲天旋日轉廻龍馭到此躊躇
不能去馬嵬坡下泥土中不見玉顏空死處君臣
相顧盡沾衣東望都門信馬歸歸來池苑皆依舊
太液芙蓉未央柳芙蓉如面柳如眉對此如何不
淚垂春風桃李花開日秋雨梧桐葉落時西宮南
內多秋草落葉滿堦紅不掃棃園弟子白髮新椒
房阿監青娥老夕殿螢飛思悄然孤燈挑盡未成
眠遲遲鐘鼓初長夜耿耿星河欲曙天鴛鴦瓦冷
霜華重翡翠衾寒誰與共悠悠生死別經年魂魄

不曾來入夢臨邛道士鴻都客能以精誠致魂魄
為感君王展轉思遂教方士殷勤覓排雲馭氣奔
如電升天入地求之遍上窮碧落下黃泉兩處茫
茫皆不見忽聞海上有仙山山在虛無縹緲間樓
閣玲瓏五雲起其中綽約多仙子中有一人字太
真雪膚花貌參差是金闕西廂叩玉扃轉教小玉
報雙成聞道漢家天子使九華帳裏夢魂驚攬衣
推枕起徘徊珠箔銀屏迤邐開雲鬢半偏新睡覺
花冠不整下堂來風吹仙袂飄颻舉猶似霓裳羽

衣舞玉容寂寞淚闌干梨花一枝春帶雨含情凝睇謝君王一別音容兩渺茫昭陽殿裏恩愛絕蓬萊宮中日月長回頭下望人寰處不見長安見塵霧惟將舊物表深情鈿合金釵寄將去釵留一股合一扇釵擘黄金合分鈿但教心似金鈿堅天上人間會相見臨別殷勤重寄詞詞中有誓兩心知七月七日長生殿夜半無人私語時在天願作比翼鳥在地願為連理枝天長地久有時盡此恨綿綿無盡期

琵琶引并序

元和十年予左遷九江郡司馬。明年秋，送客湓浦口，聞舟中夜彈琵琶者，聽其音，錚錚然有京都聲。問其人，本長安倡女，嘗學琵琶於穆曹二善才。年長色衰，委身為賈人婦。遂命酒，使快彈數曲。曲罷憫默，自叙少小時歡樂事，今漂淪憔悴，轉徙於江湖間。予出官二年，恬然自安，感斯人言，是夕始覺有遷謫意，因為長句歌以贈之，凡六百一十六言，命曰琵琶行。

潯陽江頭夜送客楓葉荻花秋瑟瑟主人下馬客在船舉酒欲飲無管絃醉不成歡慘將別別時茫茫江浸月忽聞水上琵琶聲主人忘歸客不發尋聲暗問彈者誰琵琶聲停欲語遲移船相近邀相見添酒回燈重開宴千呼萬喚始出來猶抱琵琶半遮面轉軸撥絃三兩聲未成曲調先有情絃絃掩抑聲聲思似訴平生不得志低眉信手續續彈說盡心中無限事輕攏慢撚抹復挑初為霓裳後六么大絃嘈嘈如急雨小絃切切如私語嘈嘈切

切錯雜彈大珠小珠落玉盤間關鶯語花底滑幽咽泉流水下灘水泉冷澀絃凝絶凝絶不通聲暫歇别有幽情暗恨生此時無聲勝有聲銀瓶乍破水漿迸鐵騎突出刀鎗鳴曲終收撥當心畫四絃一聲如裂帛東船西舫悄無言惟見江心秋月白沉吟放撥插絃中整頓衣裳起斂容自言本是京城女家在蝦蟇陵下住十三學得琵琶成名屬教坊第一部曲罷曾教善才伏粧成每被秋孃妬五陵年少爭纏頭一曲紅綃不知數鈿頭雲篦擊節

碎。血色羅裙翻酒污今年歡笑復明年。秋月春風
等閑度。弟走從軍阿姨死暮去朝來顏色故。門前
冷落鞍馬稀老大嫁作商人婦。商人重利輕別離。
前年浮梁買茶去去來江口守空船遶船月明江
水寒夜深忽夢少年事夢啼粧淚紅闌干我聞琵
琶已嘆息又聞此語重唧唧同是天涯淪落人相
逢何必曾相識我從去年辭帝京謫居臥病潯陽
城潯陽地僻無音樂終歲不聞絲竹聲住近湓江
地低濕黃蘆苦竹遶宅生其間旦暮聞何物杜鵑

啼血猿哀鳴春江花朝秋月夜往往取酒還獨傾豈無山歌與村笛嘔啞嘲哳難為聽今夜聞君琵琶語如聽仙樂耳暫明莫辭更坐彈一曲為君翻作琵琶行感我此言良久立却坐促絃絃轉急凄凄不似向前聲滿座重聞皆掩泣座中泣下誰最多江州司馬青衫濕

醉後狂言酬贈蕭殷二協律

餘杭邑客多羈貧其間甚者蕭與殷天寒身上猶衣葛日高甑中未拂塵江城山寺十一月北風吹

沙雪紛紛賓客不見綈袍惠黎庶未沾襦袴恩此時太守自慚愧重衣複衾有餘溫因命染人與針女先製兩裘贈二君吳綿細軟桂布密柔如狐腋白似雲勞將詩書投贈我如此小惠何足論我有大裘君未見寬廣和暖如陽春此裘非繒亦非纊裁以法度絮以仁刀尺鈍拙製未畢出亦不獨裹一身若令在郡得五考與君展覆杭州人

期不至

紅燭清尊久延佇出門入門天欲曙星稀月落竟

不來煙柳曨曨鵲飛去

九日宴集醉題郡樓兼呈周殷二判官

前年九日在餘杭呼賓命宴虛白堂去年九日到東洛今年九日來吳鄉兩邊蓬鬢一時白三處菊花同色黄一日日知添老病一年年覺惜重陽江南九月未摇落柳青蒲緑稻穟香姑蘓臺榭倚蒼靄太湖山水含清光可憐假日好天色公門吏静風景凉榜舟鞭馬取賓客掃樓拂席排壺觴胡琴錚鏦指撥剌吳娃美麗着眼長笙歌一曲思凝絶

金鈿再拜光低昂日脚欲落備燈燭風頭漸高加
酒漿觥琖灩飛菡萏葉舞鬟擺落茱萸房半酣憑
檻起四顧七堰八門六十坊遠近高低寺閒出東
西南北橋相望水道派分棹鱗次里閭棊布城冊
方人煙樹色無隙罅十里一片青茫茫自問有何
才與政高廳大館居中央銅魚今乃澤國節刺史
自古吳都王郊無戎馬郡無事門有棨戟腰有章
盛時儻來合慙媿壯歲忽去還感傷從事醒歸應
不可使君醉倒亦何妨請君停杯聽我語此語眞

實非虛狂五旬已過不為天七十為期蓋是常須
知菊酒登高會從此多無二十場

霓裳羽衣歌 和微之

我昔元和侍憲皇曾陪內宴宴昭陽千歌萬舞不
可數就中最愛霓裳舞舞時寒食春風天玉鉤欄
下香案前案前舞者顏如玉不著人家俗衣服虹
裳霞帔步搖冠鈿瓔纍纍珮珊珊娉婷似不任羅
綺顧聽樂懸行復止磬簫箏笛遞相攙擊擫彈吹
聲邐迤散序六奏未動衣陽臺宿雲慵不飛中序

擘騞初入拍秋竹竿裂春冰坼飄然轉旋迴雪輕嫣然縱送游龍驚小垂手後柳無力斜曳裾時雲欲生煙蛾斂略不勝態風袖低昂如有情上元點鬟招萼綠王母揮袂別飛瓊繁音急節十二遍跳珠撼玉何鏗錚翔鸞舞了却收翅唳鶴曲終長引聲當時乍見驚心目凝視諦聽殊未足一落人間八九年耳冷不曾聞此曲湓城但聽山魈語巴峽惟聞杜鵑哭移領錢唐第二年始有心情問絲竹玲瓏箜篌謝好箏陳寵觱栗沈平笙清絃脆管纖

纖手教得霓裳一曲成虛白亭前湖水畔前後祇
應三度按便除庶子拋却來聞道如今各星散今
年五月至蘇州朝鐘暮角催白頭貪看案牘常侵
夜不聽笙歌直到秋秋來無事多閒悶忽憶霓裳
無處問聞君部內多樂徒問有霓裳舞者無答云
七縣十萬户無人知有霓裳舞惟寄長歌與我來
題作霓裳羽衣譜四幅花牋碧間紅霓裳實録在
其中千姿萬狀分明見恰與昭陽舞者同眼前髣
髴覩形質昔日今朝想如一疑從魂夢呼召來似

著丹青圖寫出。我愛霓裳君合知。發於歌詠形於詩。君不見我歌云。驚破霓裳羽衣曲。又不見我詩云。曲愛霓裳未拍時。由來能事皆有主。楊氏創聲君造譜。君言此舞難得人。須是傾城可憐女。吳妖小玉飛作煙。越豔西施化為土。嬌花巧笑久寂寥。娃館苧蘿空處所。如君所言誠有是。君試從容聽我語。若求國色始翻傳。但恐人間廢此舞。妍蚩優劣寧相遠。大都只在人擡舉。李娟張態君莫嫌。亦擬隨宜且教取。

小童薛陽陶吹觱栗歌 和浙西李大夫作

翦削乾蘆插寒竹，九孔漏聲五音足。近來吹者誰得名，關璀老死李袞生。袞今又老誰其嗣，薛氏樂童年十二。指點之下師授聲，含嚼之間天與氣。潤州城高霜月明，吟霜思月欲發聲。山頭江底何悄悄，猿聲不喘魚龍聽。翕然聲作疑管裂，詘然聲盡疑刀截。有時婉軟無筋骨，有時頓挫生稜節。急聲員轉促不斷，轢轢轔轔似珠貫。緩聲展引長有條，有條直直如筆描。下聲乍墜石沈重，高聲忽舉雲

飄蕭明旦公堂陳宴席主人命樂娛賓客碎絲細
竹徒紛紛宮調一聲雄出羣衆音飀縷不落道有
如部伍隨將軍嗟爾陽陶方穉齒下手發聲已如
此若教頭白吹不休但恐聲名壓關李

勸我酒

勸我酒我不辭請君歌歌莫遲歌聲長辭亦切此
辭聽者堪愁絕洛陽女兒面如花河南大尹頭如
雪

秋日與張賓客舒著作同遊龍門醉中狂歌

凡二百三十八字

秋天高高秋光清秋風嫋嫋秋蟲鳴嵩峰餘霞錦綺卷伊水細浪鱗甲生洛陽閑客知無數少出遊山多在城商嶺老人自追逐蓬卯逸士相逢迎南出鼎門十八里莊店邐迤橋道平不寒不熱好時節鞍馬穩快衣衫輕並轡踟躕下西岸扣舷容與繞中汀開懷曠達無所繫觸目勝絶不可名荷衰欲黄荇猶緑魚樂自躍鷗不驚翠藻蔓長孔雀尾彩船櫓急寒雁聲家醞一壺白玉液野花數把黄

金英畫遊四看西日落夜話三及東方明暫停杯觴輟吟咏我有狂言君試聽丈夫一生有二志兼濟獨善難得并不能救療生民病即須先濯塵土纓況吾頭白眼已暗終日戚促何所成不如展眷開口笑龍門醉卧香山行

池上作　西溪南潭皆池中勝處也

西溪風生竹森森南潭萍開水沈沈叢翠萬竿湘岸色空碧一泊松江心浦派縈迴誤遠近橋島向背迷登臨澄瀾方丈若萬頃倒影咫尺如千尋泛

然獨遊邈然坐坐念行心思古今蒐裘不聞有泉
沼西河亦恐無雲林豈如白翁退老地樹高竹密
池塘深華亭雙鶴白矯矯太湖四石青岑岑眼前
盡日更無客膝上此時惟有琴洛陽冠蓋自相索
誰肯來此同抽簪

香山詩選卷之三目録

五言律

晚庭逐涼

逢張十八員外籍

夜泊旅望

晚興

湖亭晚歸

孤山寺遇雨

晚興

病中書事

除蘇州刺史別洛城東花

香山詩選卷之三

古歙曹文埴竹虚甫手訂

五言律

賦得古原草送别

離離原上草一歲一枯榮野火燒不盡春風吹又
生遠芳侵古道晴翠接荒城又送王孫去萋萋滿
别情

旅次景空寺宿幽上人院

不與人境接寺門開向山暮鐘寒鳥聚秋雨病僧

閒月隱雲林外螢飛廊宇間幸投花界宿暫得靜
心顏

夜坐

斜月入前楹迢迢夜坐情梧桐上階影蟋蟀近牀
聲曙傍窗間至秋從簟上生感時因憶事不寢到
雞鳴

江夜舟行

煙澹月濛濛舟行夜色中江鋪滿槽水帆展半檣
風呌曙嗷嗷鴈啼秋唧唧蟲只應催北客早作白

鬚翁。

閒遊

外事因慵廢。中懷與靜期。尋泉上山遠。看筍出林
遲。白石磨樵斧。青竿理釣絲。澄清深淺好。最愛夕
陽時。

晚出西郊

散吏閒如客。貧州冷似村。早涼湖北岸。殘照郭西
門。懶鑷從鬚白。休治任眼昏。老來何所用。少興不
多言。

西樓

小郡大江邊，危樓夕照前。青蕪卑濕地，白露泬寥天。鄉國此時阻，家書何處傳。仍聞陳蔡戍，轉戰已三年。

贈内子

白髮方興嘆，青蛾亦伴愁。寒衣補燈下，小女戲牀頭。闇澹屏幃故，淒涼枕席秋。貧中有等級，猶勝嫁黔婁。

夜送孟司功

潯陽白司馬夜送孟功曹江閤管絃急樓明燈火高湖波翻似箭霜草殺如刀且莫開征棹陰風正怒號

山中酬江州崔使君見寄

眷眄情無限優容禮有餘三年為郡吏一半許山居酒熟心相待詩來手自書庾樓春好醉明日且回車

陰雨

嵐霧今朝重江山此地深灘聲秋更急峽氣曉多

陰。望關雲遮眼。思鄉雨滴心。將何慰幽獨。賴此北
窗琴。

巴水

城下巴江水。春來似麴塵。軟沙如渭曲。斜岸憶天
津。影蘸新黃柳。香浮小白蘋。臨流搔首坐。惆悵為
何人。

留題開元寺上方

東寺臺閣好。上方風景清。數來猶未厭。長別豈無
情。戀水多臨坐。辭花騰繞行。最憐新岸柳。手種未

全成

連雨

風雨暗蕭蕭雞鳴暮復朝碎聲籠苦竹冷翠落芭蕉水鳥投檐宿泥蛙入户跳仍聞蕃客見明日欲追朝

寄山僧 時年五十

眼看過半百早晚埽巖扉白首誰留住青山自不歸百千萬刼障四十九年非會擬抽身去當風抖擻衣

偶題閣下廳

靜愛青苔院，深宜白髮翁。貌將松共瘦，心與竹俱空。暖有低檐日，春多颺幕風。平生閒境界，盡在五言中。

晚庭逐涼

送客出門後，移牀下砌初。趁涼行繞竹，引睡臥看書。老更為官拙，慵多向事疎。松窗倚藤杖，人道似僧居。

逢張十八員外籍

旅思正茫茫相逢此道傍曉嵐林葉闇秋露草花香白髮江城守青衫水部郎客亭同宿處忽似夜歸鄉

夜泊旅望

少事多愁客中宵起望鄉沙明連浦月帆白滿船霜近海江彌闊迎秋夜更長煙波三十宿猶未到錢唐

晚興

極浦收殘雨高城駐落暉山明虹半出松闇鶴雙

歸。將吏隨衙散。文書入務稀。閒吟倚新竹。筠粉汙朱衣。

湖亭晚歸

盡日湖亭臥。心閒事亦稀。起因殘醉醒。坐待晚涼歸。松雨飄藤帽。江風透葛衣。柳堤行不厭。沙軟絮飛飛。

孤山寺遇雨

拂波雲色重。灑葉雨聲繁。水鷺雙飛起。風荷一向翻。空濛連北岸。蕭颯入東軒。或擬湖中宿。留船在

寺門

晚興

草淺馬翩翩新晴薄暮天柳條春拂面衫袖醉垂鞭立語花隄上行吟水寺前等閒消一日不覺過三年

病中書事

三載臥山城閒知節物情鶯多過春語蟬不待秋鳴氣嗽因寒發風痰欲雨生病身無所用唯解卜陰晴

除蘇州刺史別洛城東花

亂雪千花落新絲兩鬢生老除吳郡守春別洛陽城江上今重去城東更一行別花何用伴勸酒有殘鶯

渡淮

淮水東南闊無風渡亦難孤煙生乍直遠樹望多圓春浪棹聲急夕陽帆影殘濤流宜映月令夜重吟看

河亭晴望（九月八日）

風轉雲頭歛煙銷水面開晴虹橋影出秋雁櫓聲來郡靜官初罷鄉遥信未迴明朝是重九誰勸菊花杯

賦得邊城角

邊角兩三枝霜天隴上兒望鄉相並立向月一時吹戰馬頭皆舉征人手盡垂嗚嗚三奏罷城上展旌旗

太湖石

煙翠三秋色波濤萬古痕削成青玉片截斷碧雲

根。風。氣。通。巖。穴。苔。紋。護。洞。門。三。峰。具。體。小。應。是。華。山。孫。

履道春居

微雨灑園林新。晴好。一。尋。低。風。洗。池。面。斜。日。拆。花。心。瞋。助。嵐。陰。重。春。添。水。色。深。不如陶省事猶抱有絃琴。

宴散

小。宴追涼散。平橋步月回。笙。歌。歸。院。落。燈。火。下。樓。臺。殘暑蟬催盡。新秋雁帶來。將何迎睡興。臨卧舉殘杯。

人定

人定月朧明。香銷枕簟清。翠屏遮竹影。紅袖下簾聲。坐久吟方罷。眠初夢未成。誰家教鸚鵡。故故語相驚。

烏夜啼

城上歸時晚。庭前宿處危。月明無葉樹。霜滑有風枝。啼澀飢喉咽。飛低凍翅垂。畫堂鸚鵡鳥。冷暖不相知。

偶詠

襟熱蕉衣健扶羸竹杖輕
誦經凭檻立散藥繞廊行
瞋槿無風落秋蟲欲雨鳴
身閒當將息病亦有心情

西風

西風來幾日一葉已先飛
新霽乘輕屐初涼換熟衣
淺渠銷漫水疎竹漏斜暉
薄暮青苔巷家僮引鶴歸

惜落花

夜來風雨急無復舊花林枝上三分落園中一寸深日斜啼鳥思春晝老人心莫怪添杯飲情多酒不禁

早春題少室東巖

三十六峰晴雪銷嵐翠生月留三夜宿春引四山行遠草初含色寒禽未變聲東巖最高石惟我有題名

酬夢得窮秋夜坐即事見寄

燄細燈將盡聲遥漏正長老人秋向火小女夜縫

裳菊悴籬經雨萍銷水得霜今冬暖寒酒先擬共
君嘗

酬夢得霜夜對月見懷

淒清冬夜景搖落長年情月帶新霜色碪和遠鴈
聲暖憐爐火近寒覺被衣輕枕上酬佳句詩成夢
不成

臥疾來早晚

臥疾來早晚懸懸將十旬婢能尋本草犬不吠醫
人酒甕全生醭歌筵半委塵風光還欲好爭向枕

前春。

春暖

風痺宜和暖。春來脚校輕。鶯留花下立。鶴引水邊行。髮少嫌巾重。顏衰訝鏡明。不論親與故。自亦昧平生。

香山詩選卷之四目録

七言律

春盡日宴罷感事獨吟
宣州崔大夫閣老忽以近詩數十首見示吟
諷之下竊有所喜因成長句寄題郡齋
送敏中新授户部員外郎西歸
喜入新年自詠
寄韜光禪師

香山詩選卷之四

古歙曹文埴竹虛甫手訂

七言律

和談校書秋夜感懷呈朝中親友

涼夜涼風楚客悲清砧繁漏月高時秋霜似鬢年空長春草如袍位尚卑詞賦擅名來已久煙霄得路去何遲漢庭卿相皆知已不薦揚雄欲薦誰

八月十五日夜闈崔大員外翰林獨直對酒翫月因懷禁中清景偶題是詩

秋月高懸空碧外仙郎靜翫禁闈閒歲中惟有今宵好海內無如此地閑皓色分明雙闕牓清光深到九門關遙聞獨醉還惆悵不見金波照玉山

眼暗

早年勤倦看書苦晚歲悲傷出淚多眼損不知都自取病成方悟欲如何夜昏乍似燈將滅朝闇長疑鏡未磨千藥萬方治不得惟應閑目學頭陀

初授贊善大夫早朝寄李二十助教

病身初謁青宮日衰貌新垂白髮年寂寞曹司非

熱地蕭條風雪是寒天遠坊早起常侵鼓瘦馬行
遲苦費鞭一種共君官職冷不如猶得日高眠

欲與元八卜鄰先有是贈

平生心迹最相親欲隐墻東不為身明月好同三
徑夜綠楊宜作兩家春每因暫出猶思伴豈得安
居不擇鄰何獨終身數相見子孫長作隔墻人

贈楊秘書巨源 楊嘗有贈盧洺州詩云三刀夢益州一箭取遼城由是知名

早聞一箭取遼城相識雖新有故情清句三朝誰

是敵白鬚四海半為兄貧家薙艸時時入瘦馬尋
花處處行不用更教詩過好折君官職是聲名

舟行阻風寄李十一舍人

扁舟厭泊煙波上輕策閑尋浦嶼間虎蹋青泥稠
似印風吹白浪大於山且愁江郡何時到敢望京
都幾歲還今日料君朝退後迎寒新酌煖開顏

題王處士郊居

半依雲渚半依山愛此令人不欲還負郭田園八
九頃向陽茅屋兩三間寒松縱老風標在埜鶴雖

飢飲啄閒一臥江村來早晚著書盈帙鬢毛斑

初到江州寄翰林張李杜三學士

早攀霄漢上天衢晚落風波委世途雨露施恩無厚薄蓬蒿隨分有榮枯傷禽側翅驚弓箭老婦低顏事舅姑碧落三山曾識面年深記得姓名無

庾樓曉望

獨憑朱檻立凌晨山色初明水色新竹霧曉籠銜嶺月蘋風暖送過江春子城陰處猶殘雪衙鼓聲前未有塵三百年來庾樓上曾經多少望鄉人

北樓送客歸上都

憑高送遠一悽悽却下朱欄手共攜京路人歸天直北江樓客散日平西長津欲渡迴船尾殘酒重傾簇馬蹄不獨別君須強飲窮愁自要醉如泥

題元八溪居

溪風漠漠樹重重水檻山窗次第逢晚葉尚開紅躑躅秋房初結白芙蓉聲來枕上千年鶴影落杯中五老峰更媿殷勤留客意魚鮮飯細酒香濃

送客之湖南

年年漸見南方物，事事堪傷北客情。山鬼趫跳惟一足，峽猿哀怨過三聲。帆開青艸湖中去，衣濕黃梅雨裏行。別後雙魚難定寄，近來潮不到湓城。

尋王道士藥堂因有題贈

行行覔路緣松嶠，步步尋花到杏壇。白石先生小有洞，黃芽姹女大還丹。常悲東郭千家冢，欲乞西山五色丸。但恐長生須有籍，仙臺試爲檢名看。

寒食江畔

艸香沙暖水雲晴，風景令人憶帝京。還似往年春

氣味不宜今日病心情聞鶯樹下沈吟立信馬江頭取次行忽見紫桐花悵望下邽明日是清明

得行簡書聞欲下峽先以此寄

朝來又得東川信欲取春初發梓州書報九江聞躄喜路經三峽想還愁瀟湘瘴霧加餐飯灩澦驚波穩泊舟欲寄兩行迎爾淚長江不肯向西流

行次夏口先寄李大夫

連山斷處大江流紅旆逶迤鎮上游幕下翱翔秦御史軍前奔走漢諸侯曾陪劍履升鸞殿欲謁旌

幢入鶴樓假著緋袍君莫笑恩深始得向忠州

入峽次巴東

不知遠郡何時到猶喜全家此去同萬里王程三峽外百年生計一舟中巫山暮足霑花雨隴水春多逆浪風兩片紅旌數聲鼓使君艛艓上巴東

送蕭處士遊黔南

能文好飲老蕭郎身似浮雲鬢似霜生計拋來詩是業家園忘却酒為鄉江從巴峽初成字猿過巫陽始斷腸不醉黔中爭去得磨圍山月正蒼蒼

初除主客郎中知制誥與王十一李七元九三舍人中書同宿話舊感懷

閑宵靜話喜還悲聚散窮通不自知已分雲泥行異路忽驚雞鶴宿同枝紫垣曹署榮華地白髮郎官老醜時莫怪不如君氣味此中來校十年遲

喜張十八博士除水部員外郎

老何殁後吟聲絕雖有郎官不愛詩無復篇章傳道路空留風月在曹司長嗟博士官猶屈亦恐騷人道漸衰今日聞君除水部喜於身得省郎時

夜歸

半醉閒行湖岍東。馬鞭敲鐙轡瓏璁。萬株松樹青山上。十里沙堤明月中。樓角漸移當路影。潮頭欲過滿江風。歸來未放笙歌散。畫戟門開蠟燭紅。

錢唐湖春行

孤山寺北賈亭西。水面初平雲脚低。幾處早鶯爭暖樹。誰家新燕啄春泥。亂花漸欲迷人眼。淺草纔能沒馬蹄。最愛湖東行不足。綠楊陰裏白沙堤。

西湖晚歸回望孤山寺贈諸客

柳湖松島蓮花寺晚動歸橈出道場盧橘子低山雨重栟櫚葉戰水風涼煙波澹蕩搖空碧樓殿參差倚夕陽到岸請君囬首望蓬萊宮在海中央

杭州春望

望海樓明照曙霞護江隄白蹋晴沙濤聲夜入伍員廟柳色春藏蘇小家紅袖織綾誇柿蔕青旗酤酒趁梨花誰開湖寺西南路草綠裙腰一道斜

餘杭形勝

餘杭形勝四方無州傍青山縣枕湖繞郭荷花三

十里拂城松樹一千株夢兒亭古傳名謝教妓樓新道姓蘇獨有使君年太老風光不稱白髭鬚

江樓夕望招客

海天東望夕茫茫山勢川形濶復長燈火萬家城四畔星河一道水中央風吹古木晴天雨月照平沙夏夜霜能就江樓銷暑否比君茅舍校清涼

江樓晚眺景物鮮奇吟翫成篇寄水部張籍員外

澹煙踈雨間斜陽江色鮮明海氣涼蜃散雲收破

樓閣虹殘水照斷橋梁風翻白浪花千片雁點青
天宇一行好著丹青圖寫取題詩寄與水曹郎

題州北路傍老柳樹

皮枯緑受風霜久條短為經攀折頻但見半衰當
此路不知初種是何人雪花零碎逐年減柳葉稀
踈隨分新莫道老株芳意少逢春猶勝不逢春

西湖留別

征途行色慘風煙祖帳離聲咽管絃翠黛不須留
五馬皇恩只許住三年緑藤陰下鋪歌席紅藕花

中泊妓船處處囬頭盡堪戀就中難別是湖邊

答微之誇越州州宅

賀上人囬得報書大誇州宅似仙居厭看馮翊風沙久喜見蘭亭煙景初日出旌旗生氣色月明樓閣在空虛知君暗數江南郡除却餘杭盡不如

醉封詩筒寄微之

一生休戚與窮通處處相隨事事同未死又隣滄海郡無兒俱作白頭翁展眉只仰三杯後代面惟憑五字中爲向兩州郵吏道莫辭來去遞詩筒

贈侯三郎中

老愛東都好寄身足泉多竹少埃塵年豐最喜惟貧客秋冷先知是瘦人幸有琴書堪作伴苦無田宅可為鄰洛中縱未長居得且與田蘇遊過春

故衫

闇澹緋衫稱老身半披半曳出朱門袖中吳郡新詩本襟上杭州舊酒痕殘色過梅看向盡故香因洗嗅猶存曾經爛漫三年著欲棄空箱似少恩

城上夜宴

留春不住登城望，惜夜相將秉燭遊。風月萬家河两岸，笙歌一曲郡西樓。詩聽越客吟何苦，酒被吳娃勸不休。從道人生都是夢，夢中歡笑亦勝愁。

送敏中歸邠寧幕

六十衰翁兒女悲，傷人應笑爾應知。弟兄垂老相逢日，杯酒臨歡欲散時。前路加餐須努力，今宵盡醉莫推辭。司徒知我難為別，直過秋歸未許遲。

送鶴與裴相臨別贈詩

司空愛爾爾須知，不信聽吟乞鶴詩。羽翮勢高寧

惜別稻粱恩重莫愁飢夜棲少共雞爭樹曉浴先
饒鳳占池穩上青雲勿回顧的應勝在白家時

送東都留守令狐尚書赴任

翠華黄屋未東巡碧洛青嵩付大臣地稱高情多
水竹山宜閑望少風塵龍門即擬為遊客金谷先
憑作主人歌酒家家花處處莫空管領上陽春

晚桃花

一樹紅桃亞拂池竹遮松蔭晚開時非因斜日無
由見不是閑人豈得知寒地生材遺校易貧家養

女嫁常遲春深欲落誰憐惜白侍郎來折一枝

夜宴惜別

笙歌旖旎曲終頭轉作離聲滿坐愁箏怨朱絃從此斷燭啼紅淚為誰流夜長似歲歡宜盡醉未如泥飲莫休何況雞鳴即須別門前風雨冷修修

哭崔兒

掌珠一顆兒三歲鬢雪千莖父六旬豈料汝先為異物常憂吾不見成人悲腸自斷非因劍啼眼加昏不是塵懷抱又空天黙黙依前重作鄧攸身

初喪崔兒報微之晦叔

書報微之晦叔知欲題崔字淚先垂世間此恨偏敦我天下何人不哭兒蟬老悲鳴抛蜕後龍眠驚覺失珠時文章千帙官三品身後傳誰庇廕誰

履道池上作

家池動作經旬別松竹琴魚好在無樹暗小巢藏巧婦渠荒新葉長慈姑不因車馬時時到豈覺林園日日蕪猶喜春深公事少每來花下得踟躕

池上閑詠

青莎臺上起書樓綠藻潭中繫釣舟日晚愛行深竹裏月明多上小橋頭蹔嘗新酒還成醉亦出中門便當遊一部清商聊送老白鬚蕭颯管絃秋

同諸客題于家公主舊宅

平陽舊宅少人遊應是遊人到即愁布穀鳥啼桃李院絡絲蟲怨鳳皇樓臺傾滑石猶殘砌簾斷真珠不滿鉤聞道至今蕭史在髭鬚雪白向明州

閑居春盡

閑泊池舟靜掩扉老身慵出客來稀愁應暮雨留

教住春被殘鶯喚遣歸揭甕偷嘗新熟酒開箱試
著舊生衣冬裘夏葛相催促垂老光陰速似飛

答夢得秋庭獨坐見贈

林梢隱映夕陽殘庭際蕭疎夜氣寒霜草欲枯蟲
思急風枝未定鳥棲難容衰見鏡同惆悵身健逢
杯且喜歡應是天教相暖熱一時垂老與閒官

早春憶遊思黯南莊因寄長句

南莊勝處心常憶借問軒車早晚遊美景難忘竹
廊下好風爭奈柳橋頭冰消見水多於地雪霽看

山畫入樓若待春深始同賞鶯殘花落却堪愁

杪秋獨夜

無限少年非我伴可憐清夜與誰同歡娛牢落中心少親故凋零四面空紅葉樹飄風起後白鬚人立月明中前頭更有蕭條物老菊衰蘭三兩叢

春盡日宴罷感事獨吟 開成五年三月三十日作

五年三月今朝盡客散筵空獨掩扉病共樂天相伴住春隨樊素一時歸閑聽鶯語移時立思逐楊花觸處飛金帶縋腰衫委地年年衰瘦不勝衣

宣州崔大夫閣老忽以近詩數十首見示吟諷之下竊有所喜因成長句寄題郡齋

謝元暉殁吟聲寢郡閣寥寥筆研閑無復新詩題壁上虛教遠岫列窗間忽驚歌雪今朝至必恐文星昨夜還再喜宣城章句動飛觴遥賀敬亭山

送敏中新授戶部員外郎西歸

千里歸程三伏天官新身健馬翩翩行衝赤日加餐飯上到青雲穩著鞭長慶老郎惟我在客曹故事望君傳前鴻後雁行難續相去迢迢二十年

喜入新年自詠 時年七十一

白鬚如雪五朝臣，又值新正第七旬。老過占他藍尾酒，病餘收得到頭身。銷磨歲月成髙位，比類時流是幸人。大歷年中騎竹馬，幾人得見會昌春。

寄韜光禪師

一山門作兩山門，兩寺原從一寺分。東澗水流西澗水，南山雲起北山雲。前臺花發後臺見，上界鍾聲下界聞。遥想吾師行道處，天香桂子落紛紛。

香山詩選卷之五目録

五言排律

韻皆敍貶官以來出處之意

行簡初授拾遺同早朝入閤因示十二韻

送客南遷

重到江州感舊遊題郡樓十一韻

題别遺愛草堂兼呈李十使君

自到郡齋僅經旬日方專公務未及宴遊偷閒走筆成二十四韻兼寄常州賈舍人湖州崔郎中仍呈吳中諸客

有小白馬乘馭多時奉使東行至稠桑驛溘

然而艷足可驚傷不能忘情題二十韻

想東遊五十韻

阿崔

楊柳枝二十韻

寄獻北都留守裴令公

江南喜逢蕭九徹因話長安舊遊戲贈五十韻

七言排律

泛太湖書事寄微之

春早秋初因時即事兼寄浙東李侍郎

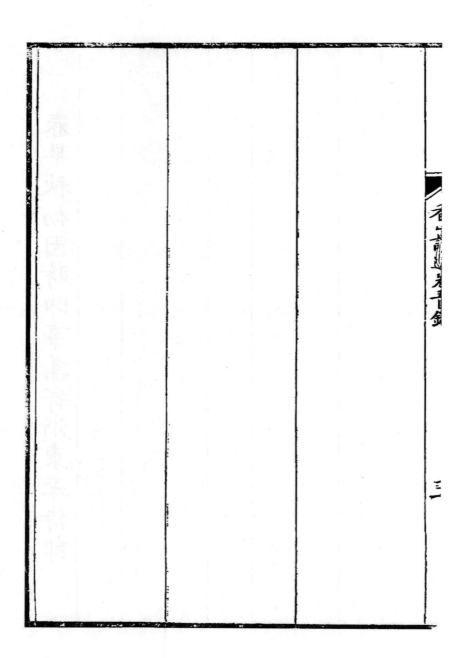

香山詩選卷之五

古歙曹文埴竹虛甫手訂

五言排律

代書詩一百韻寄微之

憶在貞元歲，初登典校司。身名同日授，心事一言知。肺腑都無隔，形骸兩不羈。疎狂屬年少，閑散為官卑。分定金蘭契，言通藥石規。交賢方汲汲，友直每偲偲。有月多同賞，無盃不共持。秋風拂琴匣，夜雪卷書帷。高上慈恩塔，幽尋皇子陂。唐昌玉蕊會崇敬牡丹期。笑勸迂辛酒，閒吟短李詩。儒風愛敦質，佛理賞元師。度日曾無悶，通宵靡不為。雙聲聯律句，八面數宮棊。往往遊三省，騰騰出九逵。寒銷直城路，春到曲江池。樹暖枝條弱，山晴彩翠奇。峰攢石綠點，柳惹麴塵絲。岸草煙鋪地，園花雪壓枝。早光紅照耀，新溜碧逶迤。幄幕侵堤布，盤筵占地施。徵伶皆絕藝，選妓悉名姬。粉黛凝春態，金鈿耀水嬉。風流誇墮髻，時世鬬啼眉。密坐隨歡促，華尊逐勝移。香飄歌袂動，翠落舞釵遺。籌插紅螺椀，觥

飛白玉卮打嫌調笑易飲訝卷波遲殘席諠譁散
歸鞍酩酊騎酡顏烏帽側醉袖玉鞭垂紫陌傳鐘
鼓紅塵塞路岐幾時曾蹔別何處不相隨荏苒星
霜換迴環節候推兩銜多請告三考欲成資運啟
千年聖天成萬物宜皆當少壯日同惜盛明時光
景嗟虛擲雲霄竊暗窺攻文朝矻矻講學夜孜孜
策目穿如扎毫鋒銳若錐繁張獲鳥網堅守釣魚
坻並受夔龍薦齊陳晁董詞萬言經濟略三策太
平基中第爭無敵專場戰不疲輔車排勝陳犄角

搴降旗雙闕紛容衛千僚儼等衰恩隨紫泥降名
向白麻披旣在高科選還從好爵縻東垣君諫諍
西邑我驅馳再喜登烏府多慚侍赤墀官班分内
外遊處遂參差每列鵷鸞序偏瞻獬豸姿簡威霜
凛冽衣彩繡葳蕤正色摧强禦剛腸嫉喔咿常憎
持祿位不擬保妻兒養勇期除惡輸忠在滅私下
鞲驚燕雀當道懾狐狸南國人無怨東臺吏不欺
理冤多定國切諫甚辛毗造次行於是平生志在
兹道將心共直言與行兼危水暗波翻覆山藏路

嶮巇未為明主識已被倖臣疑木秀遭風折蘭芳
遇霰萎千鈞勢易壓一柱力難榰騰口因成痏吹
毛遂得疵憂來吟貝錦謫去詠江蘺邂逅塵中遇
殷勤馬上辭賈生離魏闕王粲向荆夷水過清源
寺山經綺里祠心摇漢皋珮淚墮峴亭碑驛路緣
雲際城樓枕水湄思鄉多繞澤望闕獨登陴林晚
青蕭索江平緑渺瀰野秋鳴蟋蟀沙冷聚鸕鷀官
舍黄茅屋人家苦竹籬白醪充夜酌紅粟備晨炊
寡鶴摧風翮鰥魚失水鬐闇雛啼渴旦涼葉墜相

思。一點寒燈滅，三聲曉角吹。藍衫經雨故，驄馬臥霜羸。念涸誰濡沫，嫌醒自歠醨。耳垂無伯樂，舌在有張儀。負氣衝星劍，傾心向日葵。金言自銷鑠，玉性肯磷緇。伸屈須看蠖，窮通莫問龜。定知身是患，應用道為醫。想子今如彼，嗟予獨在斯。無憀當歲杪，有夢到天涯。坐阻連襟帶，行乖接履綦。潤銷衣上霧，香散雪中芝。念遠傷遷貶，驚時歎別離。素書三往復，明月七盈虧。舊里非難到，餘歡不易追。樹依興善老，草傍靖安衰。前事思如昨，中懷寫向誰。

北村尋古柏，南宅訪辛夷。此日空搔首，何人共解頤。病多知夜永，年長覺秋悲。不飲長如醉，加餐亦似飢。狂吟一千字，因使寄微之。

自江陵之徐州路上寄兄弟

岐路南將北，離憂弟與兄。關河千里別，風雪一身行。夕宿勞鄉夢，晨裝慘旅情。家貧憂後事，日短念前程。煙鴈翻寒渚，霜烏聚古城。誰憐陟岡者，西楚望南荊。

早春獨遊曲江 時為校書郎

散職無羈束羸驂少送迎朝從直城出春傍曲江
行風起池東暖雲開山北晴冰銷泉脈動雪盡艸
芽生露杏紅初拆煙楊綠未成影遲新度鴈聲澀
欲啼鶯閑地心俱靜韶光眼共明酒狂憐性逸藥
効喜身輕慵慢疎人事幽棲逐野情廻看芸閣笑
不似有浮名

題盧秘書夏日新栽竹二十韻

湘竹初封植盧生此考槃久持霜節苦新託露根
難等度須當砌疎稠要滿欄買憐分薄俸栽稱作

閒官葉剪藍羅碎莖抽玉琯端幾聲清淅瀝一簇綠檀欒未夜青嵐入先秋白露團拂肩搖翡翠熨手弄琅玕韻透窗風起陰鋪砌月殘炎天聞覺冷窄地見疑寬梢動勝搖扇枝低好掛冠碧籠煙冪冪珠灑雨珊珊晚籜晴雲展陰芽蟄虺蟠愛從抽馬策惜未截魚竿松韻徒煩聽桃夭不足觀渠慚當家杏臺陋本司蘭撐撥詩人興勾牽酒客懽靜連蘆簟滑涼拂葛衣單豈止消時暑應能保歲寒莫同凡草木一種夏中看

東南行一百韻寄通州元九侍御澧州李十
一舍人果州崔二十二使君開州韋大員外
庚三十二補闕杜十四拾遺李二十助教員
外竇七校書
南去經三楚東來過五湖山頭看候館水面問征
途地遠窮江界天低極海隅飄零同落葉浩蕩似
乘桴漸覺鄉原異深知土俗殊夷音語嘲哳蠻態
笑睢盱水市通闤闠煙村混舳艫吏徵魚戶稅人
納火田租亥日饒鰕蟹寅年足虎貙成人男作丱

事鬼女為巫。樓暗攢倡婦。隄喧簇販夫。夜船論鋪
債。春酒斷瓶沽。見果皆盧橘。聞禽悉鷓鴣。山歌猿
獨叫。野哭鳥相呼。嶺徼雲成棧。江郊水當郛。月移
翹柱鶴。風汎颭檣烏。鼇礙潮無信。蛟驚浪不虞。鼉
鳴江擂鼓。蜃氣海浮圖。樹裂山魈穴。沙含水弩樞。
喘牛犂紫芋。羸馬放青菰。繡面誰家婢。鴉頭幾歲
奴。泥中采菱芡。燒後拾樵蘇。鼎膩愁烹鼈。盤腥厭
膾鱸。鍾儀徒戀楚。張翰浪思吳。氣序涼還熱。光陰
旦復晡。身方逐萍梗。年欲近桑榆。渭北田園廢。江

西歲月徂憶歸恒慘澹懷舊忽踟躕自念咸秦客
嘗為鄒魯儒縕藏經國術輕棄度關繻賦力凌鸚
鵡詞鋒敵轆轤戰文重掉鞅射策一彎弧崔杜鞭
齊下元韋轡並驅名聲逼揚馬交分過蕭朱世務
輕摩揣周行竊覬覦風雲皆會合雨露各霑濡共
遇昇平代偏慚固陋軀承明連夜直建禮拂晨趨
美服頒王府珍羞降御厨議高通白虎諫切伏青
蒲柏殿行陪宴花樓走看酺神旗張鳥獸天籟動
笙竽戈劍星芒耀魚龍電策驅定場排越妓促坐

進吳歈。縹緲疑仙樂。嬋娟勝畫圖。歌鬟低翠羽。舞汗墮紅珠。別選閒遊伴。潛招小飲徒。一杯愁已破。三琖氣彌麤。軟美仇家酒。幽閒葛氏姝。十千方得斗。二八正當壚。論笑杓胡硉。談憐輩囁嚅。李酣尤短竇。庾醉更蔫迂。鞍馬呼教住。骰盤喝遣輸。長驅波卷白。連擲采成盧。籌併頻逃席。觥嚴別置盂。滿卮那可灌。頹玉不勝扶。入視中樞草。歸乘內廐駒。醉曾衝宰相。驕不揖金吾。日近恩雖重。雲高勢卻孤。翻身落霄漢。失腳到泥塗。博望移門籍。潯陽佐

郡。符。時情變寒暑。世利算錙銖。望日辭雙關。明朝
別九衢。播。遷。分。郡。國。次。第。出。京。都。秦類馳三驛。商
山上二邘。峴陽亭寂寞。夏口路崎嶇。大道全生棘。
中丁盡執殳。江關未徹警。淮彘尚稽誅。林對東西
寺。山分大小姑。廬峰蓮刻削。溢水帶縈紆。九派吞
青州。孤城覆緑蕪。黃昏鐘寂寂。清曉角嗚嗚。春。色。
辭。門。柳。秋。聲。到。井。梧。殘芳悲鶗鴂。暮節感茱萸。蕊
折金英菊。花飄雪片蘆。波紅日斜沒。沙白月平鋪。
幾見林抽筍。頻驚燕引雛。歲。華。何。倏。忽。年。少。不。須。

史眇默思千古蒼茫想八區孔窮緣底事顏夭有何辜龍智猶經醢龜靈未免刳窮通應已定聖哲不能踰況我身謀拙逢他厄運拘漂流隨大海鎚鍛任洪爐險阻嘗之矣棲遲命也夫沈冥消意氣窮餓耗肌膚防瘴和殘藥迎寒補舊襦書牀鳴蟋蟀琴匣網蜘蛛貧室如懸磬端憂劇守株時遭人指點數被鬼揶揄兀兀都疑夢昏昏半似愚女驚朝不起妻怪夜長吁萬里拋朋侶三年隔友于自然悲聚散不是恨榮枯去夏微之瘧今春席八殂

天涯書達否，泉下哭知無。謾寫詩盈卷，空盛酒滿壺。只添新悵望，豈復舊歡娛。壯志因愁減，衰容與病俱。相逢應不識，滿頷白髭鬚。

春末夏初閒遊江郭二首

閒出乘輕屐，徐行蹋軟沙。觀魚傍湓浦，看竹入楊家。林迸穿籬筍，藤飄落水花。雨埋釣舟小，風颺酒旗斜。嫩剥青菱角，濃煎白茗芽。淹留不知夕，城樹欲栖鴉。

柳影繁初合，鶯聲澀漸稀。早梅迎夏結，殘絮送春

飛西日韶光盡南風暑氣微展展張新小簟熨貼舊生衣綠蟻杯香嫩紅絲鱠縷肥故園無此味何必苦思歸

寄蘄州簟與元九因題六韻 時元九謫居

笛竹出蘄春霜刀劈翠筠織成雙鎖簟寄與獨眠人卷作筒中信舒為席上珍滑如鋪薤葉冷似臥龍鱗清潤宜乘露鮮華不受塵通州炎瘴地此物最關身

早發楚城驛

過雨塵埃滅沿江道徑平月乘殘夜出人趁早涼行寂歷閒唫動冥濛暗思生荷塘翻露氣稻壟瀉泉聲宿犬聞鈴起栖禽見火驚曨曨煙樹色十里始天明

送客春遊嶺南二十韻

已訝遊何遠仍嗟別太頻離容君慼促贈語我殷勤迢遞天南面蒼茫海北濱訶陵國分界交趾郡為隣蓊鬱三光晦溫暾四氣勻陰晴變寒暑昏曉錯星辰瘴地難為老蠻陬不易馴土民稀白首洞

主畫黃巾戰艦猶驚浪戎車未息塵紅旗圍卉服紫綬裹文身麪苦桄榔裹漿酸橄欖新牙檣迎海舶銅鼓賽江神不凍貪泉暖無霜毒草春雲煙蟒蛇氣刀劒鱷魚鱗路足羇棲客官多謫逐臣天黃生颶母雨黑長楓人廻使先傳語征軒早返輪須防杯裏蠱莫愛橐中珍北與南殊俗身將貨孰親嘗聞君子誡憂道不憂貧

題遺愛寺前溪松

偃亞長松樹侵臨小石溪靜將流水對高共遠峰

齊翠蓋煙籠密花幢雪壓低與僧清影坐借鶴穩枝棲筆寫形難似琴偷韻易迷暑天風槭槭晴夜露淒淒獨憩依為舍閒行繞作蹊棟梁君莫采留著伴幽棲

江州赴忠州至江陵以來舟中示舍弟五十韻

昔作咸秦客常思江海行今來仍盡室此去又專城典午猶為幸分憂固是榮箳篁州乘送艛艓驛船迎共載皆妻子同遊即弟兄寧辭浪迹遠且貴

賞心并雲展帆高掛颿馳櫂迅征泝流從漢浦循
路轉荆衡山逐時移色江隨地改名風光近東早
水木向南清夏口煙孤起湘川雨半晴日煎紅浪
沸月射白沙明北渚寒留雁南枝暖待鶯駢朱桃
露萼點翠柳含萌亥市魚鹽聚神林鼓笛鳴壺漿
椒蘗氣歌曲竹枝聲繫纜憐沙靜垂綸愛岸平水
餐紅粒稻野茹紫花菁甌泛茶如乳臺粘酒似餳
膾長抽錦縷藕脆削瓊英容易來千里斯須進一
程未曾勞氣力漸覺有心情臥穩添春睡行遲帶

酒醒忽愁牽世網便欲濯塵纓早接文場戰曾爭翰苑盟掉頭稱俊造翹足取公卿且昧隨時義徒輸報國誠衆排恩易失偏壓勢先傾虎尾憂危切鴻毛性命輕燭蛾誰救護蠶繭自纏縈斂手辭雙闕回眸望兩京長沙拋賈誼漳浦臥劉楨鵩鳥鳴還歇蟾蜍破又盈年光同激箭鄉思極搖旌潦倒親知笑衰羸舊識驚烏頭應感白魚尾為勞赬劒學將何用丹燒竟不成孤舟萍一葉霜鬢雪千莖老見人情盡閒思物理精如湯探冷熱似博鬭輸

巇險路應須避迷途莫共爭此心知止足何物要經營玉向泥中潔松經雪後貞無防隱朝市不必謝寰瀛但在前非悟期無後患嬰多知非景福少語是元亨晦即全身藥明為伐性兵昏昏隨世俗蠢蠢學黎甿鳥以能言構龜緣入夢烹知之一何晚猶足保餘生

郡齋暇日憶廬山草堂兼寄二林僧社三十韻皆敘貶官以來出處之意

諫諍知無補遷移分所當不堪匡聖主只合事空

王龍象投新社鵷鸞失故行沈吟辭北闕誘引向西方便住雙林寺仍開一草堂平治行道路安置坐禪牀手版支為枕頭巾閣在牆先生烏几舄居士白衣裳竟歲何曾悶終身不擬忙滅除殘夢想換盡舊心腸世界多煩惱形神久損傷正從風鼓浪轉作日銷霜吾道尋知止君恩偶未忘忽蒙頒鳳詔兼謝剖魚章蓮靜方依水葵枯重仰陽三車猶夕會五馬已晨裝去似尋前世來如別故鄉眷低出鷲嶺脚重下虵岡漸望廬山遠彌愁峽路長

香爐峰隱隱，巴字水茫茫。瓢掛留庭樹，經收在屋梁。春抛紅藥圃，夏憶白蓮塘。惟擬捐塵事，將何答寵光。有期追永遠，無政繼龔黄。南國秋猶熱，西齋夜蹔涼。閑吟四句偈，静對一爐香。身老同卯井，心空是道場。覓僧為去伴，留俸作歸糧。為報山中侶，憑看竹下房。會應歸去在，松菊莫教荒。

行簡初授拾遺同早朝入閤因示十二韻

夜色尚蒼蒼，槐陰夾路長。聽鐘出長樂，傳鼓到新昌。宿雨沙隄潤，秋風樺燭香。馬驕欺地輭，人健得天涼待漏排閶闔停珂擁建章爾隨黃閣老吾次紫微郎並入連稱籍齊趨對折方鬬班花接萼綽立雁分行近職誠為美微才豈合當綸言難下筆諫紙易盈箱老去何僥倖時來不料量惟求致身地相誓答恩光

送客南遷

我說南中事君應不願聽曾經身困苦不覺語丁寧燒處愁雲夢波時憶洞庭春畲煙勃勃秋瘴霧冥冥蚊蚋經冬活魚龍欲雨腥水蟲能射影山鬼

解藏形穴棹巴蛇尾林飄鷦鳥翎颸風千里黑藙
草四時青客似驚弦雁舟如委浪萍誰人勸言笑
何計慰漂零愼勿琴離膝長須酒滿缾大都從此
去宜醉不宜醒

重到江州感舊遊題郡樓十一韻

掌綸知是忝剖竹信為榮才薄官仍重恩深責尚
輕昔徵從典午今出自承明鳳詔休揮翰漁歌欲
濯纓還乘小艛艓却到古湓城醉客臨江待禪僧
出郭迎青山滿眼在白髮半頭生又校三年老何

曾一事成重過蕭寺宿再上庾樓行雲水新秋思
閭閻舊日情郡民猶認得司馬詠詩聲

題別遺愛草堂兼呈李十使君李亦廬山人常隱白鹿洞

曾住爐峰下書堂對藥臺斬新蘿徑合依舊竹窗
開砌水親開決池荷手自栽五言方甃至一宿又
須回縱未長歸得猶勝不到來君家白鹿洞聞道
亦生苔

自到郡齋僅經旬日方專公務未及宴遊偷
閑走筆題二十四韻兼寄常州賈舍人湖州

崔郎中仍呈吳中諸客

渭北離鄉客，江南守土臣。涉途初改月，入境已經旬。甲郡標天下，環封極海濱。版圖十萬户，兵籍五千人。自顧才能少，何堪寵命頻。冒榮慚印綬，虛奬負絲綸。傒病須通脈，防流要塞津。救煩無若靜，補拙莫如勤。削使科條簡，攤令賦役均。以茲為報效，安敢不躬親。襦袴提於手，韋弦佩在紳。敢辭稱俗吏，且願活疲民。常未徵黄霸，湖猶借寇恂。媿無鐺脚政，徒忝犬牙鄰。制誥誇黄絹，詩篇占白蘋。銅符抛不得。瓊樹見無因。鶯寐鐘傳夜。催衙鼓報晨。惟知對胥吏。未暇接親賓。色變雲迎夏。聲殘鳥過春。麥風非逐扇。梅雨異隨輪。武寺山如故。王樓月自新。池塘閒長草。絲竹廢生塵。暑遣燒神酎。晴教曬舞茵。待還公事了。亦擬樂吾身。

有小白馬乘馭多時奉使東行至稠桑驛溘然而斃足可驚傷不能忘情題二十韻

能驟復能馳。翩翩白馬兒。毛寒一團雪。鬃薄萬條絲。皁蓋春行日。驪駒曉促時。雙旌前獨步。五馬內

偏騎芳草承蹄葉垂楊拂頂枝誇將迎好客惜不
換妖姬慢鞚遊蕭寺閒驅醉習池睡來乘作夢與
發倚成詩鞭為馴難下鞍緣穩不離北歸還共到
東使亦相隨豬白何曾變元黄豈得知嘶風覺聲
急蹋雪怪行遲昨夜猶芻秣今朝尚縶維臥槽應
不起顧主遂長辭塵滅騣騣迹霜留皎皎姿度關
形未改過隙影難追念倍燕求駿情深項別騅銀
妝鉤臆帶金卸絡頭羈何處埋奇骨誰家覓敝帷
稠桑驛門外吟罷涕雙垂

想東遊五十韻 并序

太和三年春予病免官後憶遊浙右數郡兼思到越一訪微之故兩浙之間一物已上想皆在目吟且成篇不能自休盈五百字亦猶孫興公想天台山而賦之也

海内時無事江南歲有秋生民皆樂業地主盡賢侯郊靜銷戎馬城高逼斗牛平河七百里沃壤二三州坐有湖山趣行無風浪憂食寧妨解纜寢不廢乘流泉石諳天竺煙霞識虎邱餘芳認蘭澤遺

詠思蘋洲。菡萏紅塗粉。菰蒲緑潑油。鱗差漁户舍。綺錯稻田溝。紫洞藏仙窟。元泉貯怪湫。精神昂老鶴。姿彩嫿潛虯。靜閟天工妙。閑窺物狀幽。投竿出比目。擲果下獼猴。味苦蓮心小。漿甜蔗節稠。橘苞從自結。藕孔是誰鏤。逐日移潮信。隨風變櫂謳。遞夫交烈火。候吏次鳴騶。梵墖形疑踊。閶門勢欲浮。客迎攜酒榼。僧待置茶甌。小宴閑談笑。初筵雅獻酬。稍催朱蠟炬。徐動碧牙籌。圓琖飛蓮子。長裾曳石榴。柘枝隨畫鼓。調笑從香毬。幕颺雲飄檻。簾褰

月露鈎舞繁紅袖凝歌切翠眉愁絃管寧容歇杯
盤未許收良辰宜酩酊卒歲好優游膾縷鮮仍細
尊絲滑且柔飽餐爲日計穩睡是身謀名媿空虛
得官知止足休自嫌猶屑屑衆笑太悠悠物表疎
形役人寰足悔尤蛾須遠燈燭兎勿近罝罘幻世
春來夢浮生水上漚百憂中莫入一醉外何求未
死癡王湛無兒老鄧攸蜀琴安膝上周易在牀頭
去去無程客行行不繫舟勞君頻問訊勸我少淹
留雲雨多分散關山苦阻修一吟江月別七見日

星周珠玉傳新什鵷鸞念故儔懸旌心宛轉束楚
意綢繆驛舫粧青雀官槽秣紫騮鏡湖期遠泛禹
穴約冥搜預埽題詩壁先開望海樓飲思親履舄
宿憶並衾裯志氣吾衰也風情子在不應須相見
後別作一家遊

阿崔

謝病臥東都羸然一老夫孤單同伯道遲暮過商
瞿豈料鬢成雪方看掌弄珠已衰寧望有雖晚亦
勝無蘭入前春夢桑懸昨日弧里閭多慶賀親戚

共歡娛膩剩新胎髮香綳小繡襦玉牙開手爪酥顆點肌膚亏治將傳汝琴書勿墜吾未能知壽夭何暇慮賢愚乳氣初離殼啼聲漸變雛何時能反哺供養白頭烏

楊柳枝二十韻

楊柳枝洛下新聲也洛之小妓有善歌之者詞章音韻聽可動人故賦之

小妓攜桃葉新歌蹋柳枝妝成剪燭後醉起拂衫時繡履嬌行緩花筵笑上遲身輕委迴雪羅薄透凝脂笙引簧頻煖箏催柱數移樂童翻怨調才子

與妍詞便想人如樹先將髮比絲風條搖兩帶煙
葉貼雙眉口動櫻桃破鬟低翡翠垂枝柔腰嫋娜
芙嫩手葳蕤喉囀晴呼侶哀猿夜叫兒玉敲音歷
歷珠貫字纍纍袖為收聲點斂因赴節遺重重徧
頭別一一拍心知塞北愁攀折江南苦別離黃遮
金谷岍綠映杏園池春惜芳華好秋憐顏色衰取
來歌裏唱勝向笛中吹曲罷那能別情多不自持
纏頭無別物一首斷腸詩

寄獻北都留守裴令公 并序

司徒令公分守東洛移鎮北都一心勤王三月成政形容盛德實在歌詩況辱知音敢不先唱輒奉五言四十韻寄獻以抒下情

天上中台正人間一品高休明值堯舜勳業過蕭曹始擅文三捷終兼武六韜動人名赫赫憂國意忉忉盪蔡擒封豕平齊斬巨鼇兩河收土宇四海定波濤寵重移宮籥恩新換閫旄保釐東宅靜守護北門牢晉國封疆闊并州士馬豪胡兵驚赤幟邊雁避烏號令下流如水仁霑澤似膏路喧歌五

衿軍醉感單醪將校森貔武賓僚儼雋髦客無煩夜柝吏不犯秋毫神在臺駘助魂亡獫狁逃德星銷彗孛霖雨滅腥臊烽戍髙臨代關河遠控洮汾雲晴漠漠朔吹冷颼颼豹尾交牙戟虯鬚捧佩刀通天白犀帶照地紫鱗袍羌管吹楊柳燕姬酌蒲萄銀含鑿落琖金屑琵琶槽遥想從軍樂應忘報國勞紫微留壯闕綠野寄東皐忽憶前時會多慚下客叨清宵陪讌話美景從遊遨花月還同賞琴詩雅自操朱絃拂宫徵洪筆振風騷近竹開方丈

依林架桔槔。春池八九曲。畫舫兩三艘。徑滑苔粘
屐。潭深水没篙。緑絲牽岸柳。紅粉映樓桃。為穆先
陳醴。招劉共藉糟。舞鬟金翡翠。歌頸玉蠐螬。盛德
終難退。明時豈易遭。公雖慕張范。帝未舍伊皋。眷
戀心方結。踟躕首已搔。鸞凰上寥廓。燕雀任蓬蒿。
欲獻文狂簡。徒煩思鬱陶。可憐四百字。輕重抵鴻
毛。

江南喜逢蕭九徹因話長安舊遊戲贈五十
韻

憶昔嬉遊伴多陪讌宴場寓居同永樂幽會共平康師子尋前曲聲兒出内坊花深態奴宅竹錯得憐堂庭晚開紅藥門閑蔭緑楊經過悉同巷居處盡連牆時世高梳髻風流澹作妝戴花紅石竹帔暈紫檳榔鬢動懸蟬翼釵垂小鳳行拂胸輕粉絮煖手小香囊選勝移銀燭邀歡舉玉觴爐煙凝麝氣酒色注鵞黄急管停還奏繁絃慢更張雪飛迴舞袖塵起繞歌梁舊曲翻調笑新聲打義揚多情推阿軟巧語許秋孃風暖春將暮星迴夜未央宴

餘添粉黛。坐久換衣裳。結伴歸深院。分頭入洞房。綵帷開翡翠。羅薦拂鴛鴦。留宿爭牽袖。貪眠各占牀。綠窗籠水影。紅壁背燈光。索鏡收花鈿。邀人解袷襠。暗嬌妝靨笑。私語口脂香。怕曉聽聲坐。羞明映縵藏。着殘蛾翠淺。鬟解綠雲長。聚散知無定。憂歡事不常。離筵開夕宴。別騎促晨裝。去住青門外。留連滻水傍。車行遥寄語。馬駐共相望。雲雨分何處。山川共異方。野行初寂寞。店宿乍悽惶。別後嫌宵永。愁來厭歲芳。幾看花結子。頻見露為霜。歲月何超忽音容坐渺茫往還書斷絕來去夢遊揚自我辭秦地逢君客楚鄉常嗟異歧路忽喜共舟航話舊堪垂淚思鄉數斷腸愁雲接巫峽淚竹近瀟湘月落紅湖闊天高節候涼浦深煙渺渺沙泠月蒼蒼紅葉江楓老青蕪驛路荒野風吹蟋蟀湖水浸菰蔣帝路何由見心期不可忘舊遊千里外往事十年強春晝提壺飲秋林摘橘嘗強歌還自感縱飲不成狂永夜長相憶逢君各共傷殷勤萬里意并寫贈蕭郎

七言排律

泛太湖書事寄微之

煙渚雲帆處處通，飄然舟似入虛空。玉杯淺酌巡初匝，金管徐吹曲未終。黃夾纈林寒有葉，碧琉璃水淨無風。避旗飛鷺翩翻白，驚鼓跳魚撥剌紅。澗雪壓多松偃蹇，巖泉滴久石玲瓏。書為故事留湖上，吟作新詩寄浙東。軍府威容從道盛，江山氣色定知同。報君一事君應羨，五宿澄波皓月中。

春早秋初因時即事兼寄浙東李侍郎

春早秋初晝夜長可憐天氣好年光和風細動簾
帷暖清露微凝枕簟涼窗下曉眠初減被池邊晚
坐乍移牀閒從蕙草侵階綠靜任槐花滿地黃理
曲管絃聞後院熨衣燈火映深房四時新景何人
別遥憶多情李侍郎

香山詩選卷之六目録

五言絶句

七言絶句

楊柳枝詞

靈巖寺

香山詩選卷之六

古歙曹文埴竹虛甫手訂

五言絶句

早春

雪散因和氣。冰開得暖光。春銷不得處。惟有鬢邊霜。

雨中題衰柳

濕屈青條折。寒飄黃葉多。不知秋雨意。更遣欲如何。

醉中對紅葉

臨風杪秋樹。對酒長年人。醉貌如霜葉。雖紅不是春。

閨怨詞三首 録二首

珠箔籠寒月。紗窗背曉燈。夜來巾上淚。一半是春冰。

關山征戍遠。閨閤別離難。苦戰應顦顇。寒衣不要寬。

勤政樓西老柳

半朽臨風樹多情立馬人開元一株柳長慶二年春

恨詞

翠黛眉低斂紅珠淚暗銷從來恨人意不省似今朝

池上二絶

山僧對碁坐局上竹陰清映竹無人見時聞下子聲

小娃撑小艇偷采白蓮回不解藏蹤迹浮萍一道

開。

七言絶句

春題華陽觀觀即華陽公主故宅有舊内人存焉

帝子吹簫逐鳳皇空留仙洞號華陽落花何處堪惆悵頭白宫人掃影堂

禁中夜作書與元九

心緒萬端書兩紙欲封重讀意遲遲五聲宫漏初鳴後一點窗燈欲滅時

村夜

霜艸蒼蒼蟲切切村南村北行人絶獨出門前望野田月明蕎麥花如雪

聞蟲

聞蟲唧唧夜緜緜況是秋陰欲雨天猶恐愁人暫得睡聲聲移近臥床前

王昭君二首　録一首

漢使却迴憑寄語黄金何日贖蛾眉君王若問妾顔色莫道不如宫裏時

重到城七絶句　録一首

高相宅

青苔故里懷恩地。白髮新生抱病身。涕淚雖多無哭處。永寧門館屬他人。

題王侍御池亭

朱門深鎖春池滿。岸落薔薇水浸莎。畢竟林塘誰是主。主人來少客來多。

鷰子樓三首 并序

徐州故張尚書有愛妓曰盼盼。善歌舞。雅多風態。予為校書郎時。遊徐泗間。張尚書宴予。酒酣。

出盼盼以佐歡。歡甚。予因贈詩云。醉嬌勝不得。風嫋牡丹花。盡歡而去。爾後絶不相聞。迨茲僅一紀矣。昨日司勲員外郎張仲素續之。訪予。因吟新詩。有燕子樓三首。詞甚婉麗。詰其由。為盼盼作也。續之從事武寧軍累年。頗知盼盼始末。云。尚書既没。歸葬東洛。而彭城有張氏舊第。第中有小樓名燕子。盼盼念舊愛而不嫁。居是樓十餘年。幽獨塊然。於今尚在。予愛續之新詠。感彭城舊遊。因同其題。作三絶句。

滿窗明月滿簾霜，被冷燈殘拂臥床。燕子樓中霜月夜，秋來只為一人長。

鈿暈羅衫色似煙，幾回欲著即潸然。自從不舞霓裳曲，疊在空箱十一年。

今春有客洛陽回，曾到尚書墓上來。見說白楊堪作柱，爭教紅粉不成灰。

浦中夜泊

暗上江隄還獨立，水風霜氣夜棱棱。回看深浦停舟處，蘆荻花中一點燈。

舟中讀元九詩

把君詩卷燈前讀，詩盡燈殘天未明。眼痛滅燈猶暗坐，逆風吹浪打船聲。

望江州

江迴望見雙華表，知是潯陽西郭門。猶去孤舟三四里，水煙沙雨欲黃昏。

建昌江

建昌江水縣門前，立馬教人喚渡船。忽似往年歸蔡渡，艸風沙雨渭河邊。

湖上閒望

藤花浪拂紫茸條菰葉風翻綠剪刀閒弄水芳生
楚思時時合眼詠離騷

點額魚

龍門點額意何如紅尾青鬐却返初見說在天行
雨苦為龍未必勝為魚

贈康叟

八十秦翁老不歸南賓太守乞寒衣再三憐汝非
他意天寶遺民見漸稀

別橋上竹

穿橋迸竹不依行恐礙行人被損傷我去自慚遺愛少不教君得似甘棠

長洲苑

春入長洲草又生鷓鴣飛起少人行年深不辨娃宫處夜夜蘇臺空月明

憶江柳

曾栽楊柳江南岸一別江南兩度春遥憶青青江岸上不知攀折是何人

舊房

遠辟秋聲蟲絡絲入檐新影月低着牀帷半故簾旌斷仍是初寒欲夜時

棃園弟子

白頭垂淚話棃園五十年前雨露恩莫問華清今日事滿山紅葉鏁宮門

暮江吟

一道殘陽鋪水中半江瑟瑟半江紅可憐九月初三夜露似真珠月似弓

代迎春花招劉郎中

幸與松筠相近栽不隨桃李一時開杏園豈敢妨君去未有花時且看來

伊州

老去將何散老愁新教小玉唱伊州亦應不得多年聽未教成時已白頭

春詞

低花樹映小妝樓春入眉心兩點愁斜倚闌干背鸚鵡思量何事不回頭

觀游魚

繞池閒步看魚游。正值兒童弄釣舟。一種愛魚心各異。我來施食爾垂鉤。

和微之十七與君別及朧月花枝之詠

別時十七今頭白。惱亂君心三十年。垂老休吟花月句。恐君更結後身緣。

楊柳枝詞八首 錄二首

紅版江橋青酒旗。館娃宮暖日斜時。可憐雨歇東風定。萬樹千條各自垂。

葉含濃露如啼眼，枝嫋輕風似舞腰。小樹不禁攀折苦，乞君留取兩三條。

別柳枝

兩枝楊柳小樓中，嫋娜多年伴醉翁。明日放歸歸去後，世間應不要春風。

戲禮經老僧

香火一爐燈一盞，白頭夜禮佛名經。何年飲著聲聞酒，直到如今醉未醒。

前有別柳枝絕句夢得繼和云春盡絮飛留

不得隨風好去落誰家又復戲答

柳老春深日又斜，任他飛向别人家。誰能更學孩童戲，尋逐春風捉柳花。

新澗亭

煙蘿初合澗新開，閑上西亭日幾回。老病歸山應未得，且移泉石就身來。

新小灘

石淺沙平流水寒，水邊斜插一漁竿。江南客見生鄉思，道似嚴陵七里灘。

遊趙邨杏花

趙邨紅杏每年開十五年來看幾迴七十三人難
再到今春來是別花來

楊柳枝詞

一樹春風千萬枝嫩於金色軟於絲永豐西角荒
園裏盡日無人屬阿誰

靈巖寺

館娃宮畔千年寺水濶雲多客到稀聞說春來更
惆悵百花深處一僧歸

ISBN 978-7-5010-6447-2

9 787501 064472 >

定價：130.00圓